魂について

フランソワ・チェン

魂について

――ある女性への七通の手紙

内山憲一訳

水声社

目次

第一の手紙

親愛なる友へ

最初のお手紙を受け取ったとき、私はすぐにあなたに返事をしました。実に三十年以上もたってからあなたの消息を得て、あまりにも心を動かされたので、私の反応は即座に出た叫びのように発されるしかなかったのです。あなたからの二通目の手紙はまだ私の目の前にあるのですが、長くとっておいたので今日初めて私はあなたに答えようとするわけです。この遅れの理由はおそらくご推察のことと思います。あなたのお便りは奇妙な命令を含んでいるからです。

晩年になってから（とあなたは書いておられます）私は自分にも魂があることに気づきました。その存在を知らなかったわけではありませんが、本当にあるものとは思えなかったのです。それに加えて、私の周りでその言葉を発する者はもうだれもいなかったという事実があります。けれども、長く生きて多くのものごとを手放すことにより、他のものに還元はできず、触れて知ることはできないけれども肉体的には存在するようなあの実体が、私にも認められることとなったのです。それは私の中心に住み、もう私を放そうとはしません。それからある日、あの出会いのことを思い出しました――あまりにも遠くおぼろげな記憶で、まるで前世の出来事のようなのですが――その出会いのときの会話で、ついでのようにあなたはその言葉を漏らしたのです。あまりにも若かった私はそれをすばやくとらえることができませんでした。その後私は、あなたが書かれたものをいくつか読みました。私は今、全身を耳にして聞いてみたいのです。魂について、私に語っていただけないでしょうか。そうなれば後は、すべてのことが本質的で開かれたものになるような気がいたします。

あなたの願いをここに一語一語書き写さねばならぬと私は思いましたが、その願いを前にした私の心の最初の動きは、回答を避けて逃げてしまいたいというものでした。魂とはまさに口にしてはならぬこと、そうすれば人を不快にしてしまうおそれのあるものではないでしょうか。語るべきではなく、また語りえぬもの。あえてそうしようとすれば、例えば時間や光、あるいは愛とは何かを定義しようとする者のように、無力であることに気づいてしまいます。けれどもそれらは、だれでもその存在を否定できぬもの、私たちの存在そのものが依存している基本的要素なのです。

それはつまり、あきらめて、私の沈黙をあなたに突きつけるということでしょうか。違います。お手紙を読んでからすぐに、私は考えをあらためました。なぜならば、「晩年になってから、私は自分にも魂があることに気づきました」というあなたの言葉を、私自身もまた何度も言ったはずだからです。しかし私は滑稽で時代遅れのように見られることを恐れ、その言葉をすぐに自分の中で封じ込めてしまいました。せいぜいいくつかの文や詩の中で、思い切ってその古めかしい言葉を使っただけです。きっとそのことがあったので、「私に魂のことを語ってください」と私に呼びかける気になったのでしょう。あなたのご命令で私は理解しました。挑戦を受けて立つときが、つまり勇気を奮って逆風に立ち向かうときがやってきたのだと。実際に私たちはどこにいるのでしょうか。最も寛容で自由であると見なされている国、大地のこの一隅にあるフランスですが、それでもなおヴォルテール〔理性を掲げて狂信を批判した啓蒙思想家（1694-1778）〕風の冷笑によって視覚化される何か知的「恐怖政治」のようなものがはびこっているところなのです。この風潮は精神という名を掲げ、実に偏狭な認識のもとに、精神よりも劣る、あるいは蒙昧をもたらすものと考えられているらしい魂という観念をまるごと消し去ろうとしています。それはこの知的風潮が自己満足している身体－精神という二元論が乱されないようにするためです。そのうちに人はこの閉鎖的で無味乾燥な風土にも慣れてしまいます。奇妙なことに、この現象はとりわけフランス本土に特有なもののようであり、他のところでは件の魂という語はより自然に口に上り、しかめ面をされたり肩をすくめたりされることはありません。とはいっても、そこでもまた、語の中身は曖昧で不鮮明なことは多いのですが。

つまりここでは、魂という観念は私たちの視界から消えてゆき、フランス語が保持した決まりきった言い回しにのみ残るという傾向にあります。例えば「わが魂と意識において（うそ偽りなく率直に言って）」「魂の力（精神力）」「魂の補足（かすかな希望）」「妹の魂（心の通いあう伴侶）」「地獄落ちの魂（悪人、黒幕）」「魂に死を抱えて（悲嘆にくれて）」「魂を救う」など。「魂」という語がカバーすべき役割を負っている実在を指し示すために、常により多くの、しかもよく定義されてはいない一連の用語に頼ることになりますが、そのような用語は私たちの精神界に満ちています。人が私たちに「内面世界」や「内面空間」を語ることがあり、よりありふれた用法としては「良心の裁き」があります。内面の「場」や「深さ」が口にされることがあり、特に劇的な場合には、吸い込まれそうな「深い穴」や「深淵」に言及したりします。詩的な表現としては「内奥の風景」や「秘密の庭園」のようなものがあるでしょう……理論的な表現としては、プシュケ〔ギリシア語に由来し、人格の統一性を成す精神現象の総体を指す言葉〕の観念から出発して「精神装置」とか「アイデンティティの核」といった概念を持ち出すかもしれません。精神分析学のより特殊な方面からも豊かな語彙がやってきて、私たちの奥底にある存在の、錯綜しつつも分裂している側面をとらえようとしています。個人的なものも集団的なものもありますが、もちろん「無意識」という用語があり、「自我」「超自我」「イド」「欲動」などもあります。

この雪崩のようにあふれる観念または概念を前にすると、現代人は道に迷ったように感じてしまいます。自己存在の統一性が破綻します。おのれの存在を、上を下にと恣意的に張りつけられた雑多な要素の寄せ集めのように感じてしまう。あるいは、個人的な真の統一性へと向かわないような身元保証書に覆われている、断片化された肖像のように感じ取ってしまうのです。思い切って鏡の前に出てみても、分裂した自分のイメージを前にして、もうどうしたらよいのか分からず、だれにすがったらよいのかも分かりません。まさにピカソ風、あるいはベーコン〔極度に歪んだ人体を描いたイギリスの画家フランシス・ベーコン（1909-1992）〕風の肖像画です！　要するに彼は、アンドレ・マルロー〔小説『人間の条件』『希望』などで知られるフランスの作家（1901-1976）〕が言ったように「みじめでちっぽけな隠し事のかたまり」になっています。レジス・ドゥブレ〔フランスの哲学者（1940-）〕の表現を借りれば、その「かたまりから一つの全体を」再構成するにはどうしたらよいのか、もう分かりません。現代人は幸福の商人と美顔術医に助けを呼びかけ、わけのわからない社会の裁定者によって定められた規範に応じて、うわべだけはまとまりのある顔立ちを作ってもらおうとしがちです。その借りものの顔つきにはおそらく、まさに一つの要素だけが欠けています。それこそが本質的なもの、すなわち魂です。

私はトゥーレーヌ〔フランス中西部の地域名〕からあなたに書いています。こちらにはしばしの休息を取りにやってきました。早春が私を迎え入れてくれます。にわかに花開いたキリとセイヨウミザクラがその鮮やかな紫と薔薇色で、古びた塀を明るくしています。こずえの柔らかな緑とユキノハナがあちこち顔を出した芝生のさらに濃い緑を見つけて、魅入られたように小鳥たちがいたるところで目覚め、動き回っています。スズメとシジュウカラが喜びのさえずりを交わしながら、地に落ちた種子をついばみ、さえずりがこだまする丘全体が何かを待ちかまえています。空では戻ってきたツバメたちが宙を切るように飛んでいます。今年最初の縦列を熱に浮かされたように準備する「小さな手」のように。夕方には川の水が、沈む日を待ちかまえています。水は変容の法則にしたがって、燃え立つような雲に化することに同意をします。どっしりと無辺に広がる世界は、つかの間、奇跡のように感動的な姿を見せます。だれかそこに紛れ込んだ者が、永遠の真中にあって一瞬、それを目にして心を動かしました。私は知っています。これらすべては魂の領域にあるのです。それでは、四十年近く前のあの瞬間に立ち返ってみましょう。

私たちは若くて――あなたは私よりもずっと若くて――ちょうど地下鉄の中にいました。私は補助いすに座っていて、あなたも正面の補助いすに座っていました。私はすっかり心を奪われ、こう考えています――「この美しい人はどこからやってきたのだろう？　どうしてこんな美があるのだろう？　それに、なぜ突然この本来ありえないほど美しいものがここにあり、私の視界に差し出されているのか？」私をとらえていた魅惑は驚愕に変わります。微笑みながら、あなたがいすを離れて、私の横に来て座ったのです。

いったい何が起こったのか。私はほとんど知られていない作家でしたが、あなたは無名の人込みの中で私がだれであるのか分かったのです。私たちは感動で口ごもりながら、一行程の間、会話を交わしました。とりわけ、私は単刀直入にこう質問しました。「あなたはご自分の美しさをどう受けとめているのですか？　それに、あなたが他の美しさに憧れていると知ったなら、だれか他の人は、どのようにあなたを受けとめることができるのでしょうか？」あなたは無邪気な微笑みを浮かべて答えました。「もし美があるならば、私はそれを受けとめなければなりません。だれか他の人に関しては、もしそれが他人ならば、その人の受けとめる能力を、どのようにして測るのですか？」

私たちはまた何度かお会いしましたが、あなたはいつでも、「美を受けとめる」とはどういう意味なのかを説明するように頼んできたものです。私はこのように簡潔に答えたことを覚えています。「なぜならば、美はいつでも運命を巻き込むものですから！」それから私は次のように続けました。「驚くほどきれいな女性を前にすると、気は動転しないまでも人は心を動かされます。同時に震えるような不安というか、より正確には優しい哀れみの情を感じます。自然の一種の奇跡、文字通り神々しい恵みを前にしたようなものですね。まさにこの点において、その美しさは薄い磁器のようにもろいものです。だから自問してしまう。いったい何が起こったんだろう？どうしてこんなに美しいものがあって、感嘆の念や動揺、探求心を呼び覚ましたりするのか——そうでなければ、災いを呼ぶような形で、征服したいという欲望などを引き起こすのか？　この生ける宇宙は、ただ単に平凡に存在するだけでは満足できないのだろうか？　なぜ世界はこれほど抗しがたい現前によって姿を現すのだろう？」

そうです。あなたの美しさが私に抱かせたこの問いかけは、相変わらず私に取りついています。すべての夜明けの光と夕日、あの山にあの海、あらゆる木々とあらゆる花々、猫のようにしなやかなあの生き物にあの鳥、見事な馬たちがギャロップで駆ける境界なき草原、白く輝く星々で目もくらむばかりの際限なき空——みな繊細な、あるいは崇高な美です。そのような美しさは偶然の組み合わせによるものだと、私たちに説得する者などいるでしょうか。生への欲求には初めから、意味と価値の第一のしるしである美への欲求が伴っていますが、それが私たちには分からないのでしょうか。世界の魂があり、美を切望している。それに応える人間の魂がある。多彩な形の芸術創造によって応える。また、愛し愛を引き寄せる魂に特有の内的な美——眼差し、しぐさ、与えることの美、つまり「聖性」というすばらしい名前を持つ美によって応えるのです。

しかし美はもろいものです。特に肉体という形を取った美がそうです。ここであなたのことを考えて、この世界に与えられている恩寵の一つである女性の美に戻ることにしましょう。制約や危険でいっぱいで、根本的にもろく傷つきやすい人間の世界に、女性の美は開花します。その美は絶え間のない繊細な配慮を必要とします――「美よ、わが美しき懸念よ、そなたの曖昧な魂は／大洋のように潮の満ち干をしている」とマレルブ〔フランス語の純化を目指した理論で知られる詩人（1555-1628）〕は書きました。特に美は愛されること、本当に愛されることを要求しますが、それは容易なことでしょうか？　女性の美をしまいには平らにし、損なうことなく、公平に愛することのできる男性がどれほどいるでしょうか？　女性の美に魅了されていて、それを征服した――つまり所有した――ことを誇りに思う男性には、その美を単に肉体的な次元に固定し、美が欠陥なきことを要求し、常にその高みにとどまり理想の規範にかなうことを要求する傾向がないでしょうか？　規範とは実際には美の主体を飾り物に変えるに適した皮相な約束事にすぎないのですが。このように考えられた美は実に不安定です。ほんの些細な支障や衰えでもそれを曇らせることになり、失望や、さらには心が離れたりする避けがたい原因となります。パスカル〔大きな業績を残したフランスの数学者・物理学者（1623-1662）であるが、厚い信仰を持ち、キリスト教護教論のための草稿が死後にまとめられ、『パンセ』としてモラリスト文学の金字塔となっている〕の表現によると、天然痘は「その人を殺すことなく、美貌を殺す」ことになり、欲望をかき立てる能力を無にしてしまいます。女性は長い間この罠の中に閉じ込められたままになるのでしょうか？
女性に覚醒の動きが生じるかもしれません。目覚めた彼女は仮象から実在へと向かいます。そうすると、美がすでに与えられた形相の中に固定されていない源にまでさかのぼることになります。そこでは、女性は常に美への欲望そのものであり、美に向けた躍動となります。換言すれば、女性は自分の美貌を自分よりもはるかに大きく、はるかに長く続く美に結びつけたいという憧れに取りつかれるのです。それは長い歩みになることを彼女は直観的に知っています。彼女はおのれの存在の奥深くに入り込み、そこで各人の運命が負っているあらゆる深淵を飛び越えねばなりません。恐れと孤独、傷と苦悩で作られた深淵です。真の輝きが燃え上がるのはこの地平の向こう側です。それは他の何ものとも異なる光に属する魂の輝きです。

このことはみな、かつて私があなたに実に不器用に述べたことです。けれども私のお話は、心からのものではあったのですが、当時の自分にはあまりにも「教化的」に思えて、続けて話すことはできませんでした。私はそれでおしまいにしましたが、あなたには一篇の詩を贈ったと思います。私は相変わらずその写しを、自分自身の心得として持ち続けてきました。

美がおまえに宿るとき
どのようにそれを受けとめる？
樹は春を受けとめ
海は夕日を受けとめる
おまえならどのように受けとめる？
おのれにつきまとう美を

美が宿るおまえは
もう一つ別の美に憧れる
春よりも大きく
夕日よりも鮮やかな美を
――引き裂きながら引き裂かれるもの――
だれがおまえを受けとめられよう？

「永遠に欲するもの」のほかには

後にあなたはパリを離れ、私は私で、ある抜き差しならぬ状況にとらえられていました。私たちはお互いを見失ったのです。三十年以上たって、私はあなたからの手紙を受け取ります。あなたはいくつものつらい経験を経て、芸術家になっていることを知りました。人生の秋のような実り豊かな生活をしておられると想像しますが、私はといえば、おおかたの予想に反して、このような高齢に悩まされる生き残りとなっています。もう一度申しますが、いったい何が起こったのでしょうか？　ある春の午後、パリの地下鉄の中での二人の人間の出会いから一つの激しい情動が生じ、それは私たちの生の偶発事よりも永続するある真実を明かすものでした。その情動は別の次元に属するもので、繰り返しになりますが魂の情動にほかなりません。

「魂（アーム）」という語を記し、心の内でつぶやき、私は新鮮な空気を一息吸います。すると、音の連想からオームという音が聞こえてきます。インドの思想で原初の〈息吹〉を指し示す言葉です。私は突如、世界がそこから生じたあの始まりの〈欲望〉に結びついていることを感じ、私という存在の最も奥深くに、かつて啓示されたけれども、その後長らく見失っていた何かをまた見出します。それは真に唯一であるものがあり、すべてを統合することは可能だという内奥の感覚です。

トゥーレーヌ地方はおそらくまだしばらく、課題の遂行において充分に進むまでは私を引きとめることでしょう。あなたには状況に応じて順次、読書と私自身の省察の成果を書き送ります。

敬具

F. C.

第二の手紙

親愛なる友へ

「晩年になってから、私は自分にも魂があることに気づきました」、あなたは私にこう書いています。それは喜んでください。遅くても、そうならないよりはよいのですから！　魂があることに気づくということは、つまりずっと前から、私たちが生まれる前からもうあったものだからです。それを見出すのが遅くなったというのは、魂は私たちという存在の最も目立たず秘められた部分だからです。魂とは生そのものの原理に、つまり毎秒使われてはいるが一度もそのことを考えない空気のように、目には見えない原理に由来するものだからです。生の原理？　それはどういうことでしょうか。生とは全く自然に、それ自身で、他の何ものも介入することなく動く、この生ける身体ではないのでしょうか。これは自明のことに思えます。しかし、より綿密に検討してみると、この生ける身体は恒常的に動かされている、つまりその中で何かが動きを与えられ、同時に何かが突き動かしている。このように私たちは認めざるを得ません。それは古代人たちがアニムス－アニマの二項で名指していたものです。「生の秩序において、動きを与えるものは何か」という問いに対して、あらゆる思想が与える回答は変わりません。生の〈息吹〉です。インド思想はそれをオーム、中国思想は気、ヘブライ思想はルーアッハ、アラブ思想はルーフ、そしてギリシア思想はプネウマと名付けています。各個人において、アニムスはアニマに統御されています。この後者は彼の統一性と単一性のしるしであり、このものにもまた、あらゆる伝統的な思想はある同一の実体を指し示す特別な名前を与えています。それが〈魂〉なのです。

以上簡潔なものではありますが、こう喚起することによって普遍的な直観に基づいた正確な見通しを示すことになりました。この見通しは、私たちの現在にも今後の生成にも同様にかかわる、ある基本的な実在に回帰するようにうながします。あなたにとっても私にとっても、また魂を見出し再考することが緊急の要であることが明らかになるのです。さしあたり、基本的な確認をしてみましょう。私たちの生ける身体には一連の器官が備わっていて、生が機能することを可能にしています。奇跡のように見事に配置されている器官のおかげで呼吸ができ、身を養い動くことができます。感覚をつかさどる器官があり、感じることができます。心臓と内臓で感情の発露を覚えます。脳髄は精神の宿るところですが、記憶を取り込むという役割があります。しかし実は私たちという存在の奥深くに涸れることなく抑えきれない欲求が、つまり食べて呼吸し、感じて感動し、愛し愛されたい、忘れずに覚えておきたいという必要と欲望があることはご存知でしょう。これは体験したものすべて、つまり苦しみも喜びも、苦悩も至福も混じりあったものが、ある場合には統合された唯一の全体と化することが可能となるためにあるのです。私たちという存在の奥深くで、私たちは知っています。生というものは、ことに人間の生に関しては、存在するものの盲目の働きにあるのではなく、より高みに行くための可能性に向けた躍動を常に含むものであることを。

日常生活において、人の魂はその人の眼差しに現れ、声によって表現されます。目と口という二つの器官が顔に集中していますが、顔はあらゆる人間の受肉した神秘を構成しています。芸術家が肖像画を描くのを見ると、まず一通り輪郭を描き、空間の中で顔が「肉をまとう」ようにすることが分かります。それから、何本かの描線によって目が現れる魔法の瞬間がやってきます。その時不意に開口部ができて、見る人はとらえがたい深みに入り込みます。二粒の真珠が反射し拡散させるのは、ブルターニュの海辺の空にも似た一つの真の世界、影と光の尽きぬ戯れです。そこではある秘密が賭けられているのですが、それは絶え間なく明かされているにもかかわらず、語の本質的な意味において肉体の次元を超えているような秘密です。

身体と魂は連携しています。これは異論の余地がありません。魂がなければ身体を動かすことはできませんし、身体がなければ魂は形を取りえません。しかし必要な場合には、両者は単なる等価関係にはなく、その間には次元の違いがあると強調すべきでしょう。とりあえずは、デカルト〔フランスの哲学者（1596-1650）〕のこの二つの文を引用したいと思います。「魂は延長や次元や、身体を構成する物質の持つ他の特性とはまったく無関係の性質のものだ」（『情念論』）。「この自己というもの、すなわち私がこの私である所以となる魂は、身体とはまったく別のものである」（『方法序説』）〔これは有名な「われ思う、ゆえにわれあり」と共に同書第四章にある言葉〕。さらにはこの別の、実に驚くべきユゴー〔小説『レ・ミゼラブル』で知られるフランスの国民的大詩人（1802-1885）〕の言葉、「人間の身体は外見にすぎないのかも知れない。それは私たちの実在を隠している……実在とは魂のことだ」（『海に働く人びと』〔晩年の小説〕）。

身体を動かしている魂は〈生〉の原理に由来します。倒錯や破壊衝動によって逆向きに働くような場合を除いて、魂はどのような状況においても生への希求です。その躍動は愛によって高揚しているときには必然的に激しくなります。その炎は恐怖や苦しみに没していても、死におびやかされているときでも、やはり激しく燃え上がります。このような試練はいかなるものであれ反対に魂を豊かなものにし、さらに高め、超越的次元に向けて上昇するように働きかけるのです。それはピエール・エマニュエル〔フランスのカトリック系詩人（1916-1984）〕が次のように彼なりに表現していることですが、残念なことに彼は今日あまりにも忘れられた詩人です。

愛されることを恐れる心が閉じ込める牢獄を破った魂はみな
この世では大きな風のよう、泡と塩の反乱のよう、
かりそめの身体（からだ）の中の、身体に抗する生（せい）の声高い言葉のよう。
すべては生だ、永久（とわ）に隷属するには耐えられぬ魂の激しさのもとで
身体の殻が割れる終わりのときにはなおさら。
そのときそれは朽ちる身体ではなく、見えないヒヤシンスの球根だ。
ヒヤシンスは重なる空の房のように、勝利する謙虚さの中を伸びあがる。
おまえは見逃そうと神は言う。おまえは幸せで、疑うことがないから見逃そう。
バベルから最初に逃れたおまえ、それは他と異なる功徳によってではなく
ただおまえが愛する者だからだ。

あなたもたぶん私と同じように、このような体験をしたことでしょう。夜中にふと目覚めます。すると自分の心臓の鼓動が聞こえます。脈打って、私が意識することもなく生の中に保ってくれるこの肉の塊、これだけが私の生の原動力なのだろうか？　これを脈打たせる生の原理が常に介

入してはいないだろうか？　あるいは、より具体的に言うならば、この私というささやかな水準において、この心臓の動きを知られることもなく維持する一つの生きようとする意志が介入してはいないだろうか？　もしこの生きようとする意志が消えてしまうようなことがあれば、心臓の鼓動は遅くなって、じきに止まってしまうのではないだろうか？

この生きようとする意志とは、本当のことを言えば、私にはもうどのようなものなのか明瞭には分かりません。習慣化した日常と積みかさなった齢（よわい）の重さが、私の内で躍動の鋭い感覚を鈍らせてしまいました。幼少年時代の夜なら、そのはっきりとした意識を私は持っていたように思います。深呼吸を誘う外界の広がりをことごとく照らしていた、春の満月のようにはっきりしていました。あなたはベルナノス〔フランスのカトリック系小説家（1888-1948）〕の『カルメル会修道女の対話』の中の小修道院長ブランシュ・ドゥ・ラ・フォルスのこの言葉をおそらく覚えているでしょう。「この魂の純真さというものは、それを得るために、またかつてそれを知ったというならば取り戻すために、私たちは一生涯を費やすのです。というのは、それは子供のときの恵みであって、ほとんどの場合は子供時代を過ぎるとなくしてしまうからです……そこに戻るには、とても長い間苦しまねばなりません。ちょうど夜の果てに別の夜明けを見出すようなものです……」

長い生涯の間に私は充分に苦しんだのでしょうか？　それを言うのは私の役目ではありませんが、時には自分の子供時代に覚えたあの宇宙感覚を取り戻すことは本当にあります。無限を背景とした銀河（ヴォワ・ラクテ）が、潮を引き寄せる月のように磁石のような肉感的存在感をつくして、私を吸い込もうとします。すると私の周りでは、感応した植物や虫たちが、そこに存在することの同じ高揚感に酔い、成長し花開こうとする同じ渇望にとらえられます。律動的な息吹が万物をつなぎ、共通の拍動にします。微小なものと巨大なものを区別するものは何もありません。蛍は飛び回り、流れ星と共鳴します。なにか途方もないことが起こり、すばらしいプロセスが進行していることを私は理解します。そのとき私は、子供時代にすでに経験した特別な恵みの瞬間を再び生きているのですが、今までの間にそれが〈道（ヴォワ）〉という名前を持つこと、この〈道〉のただ中で、生とはおよそ常に生きる力であり生きようとする意志でもあることを知りました。またさらに後では、生きようとする意志の本能的な水準の上に、より高次の意志が人間においては実感されることを、記憶によって取り戻した私の幸福な経験、あるいはつらい経験によって知ることになります。それは人間をうながし、それによって宇宙が生じた始まりの〈欲望〉に合流させようとする存在することの欲望です。この在ることの欲望は、私たちの渇望の基礎をなすものすべてによって養われます。それはつまり様々な感覚や感動、受容することと与えること、それに交感することへの抑えがたい欲求であり、実際にはたった一つの語、「愛」に包摂されます。愛は私たちを変換と変容のプロセスに導く力を持っています。

世界が私の子供時代を目もくらむような光で魅惑し、その肉体的な存在感を限りのない〈欲望〉に同化させるように呼びかけていた月夜のことに触れてみました。あの最初の年月——手ほどきの年月——の間に体験した他の月夜のことも忘れられません。そのような日々に私の魂は消えることのない様々な刻印を受け、だからこそ他とはまったく異なる独自の魂となったのです。

私たちは集団で脱出する最中で、中国の田舎にいました。侵略者たちによってなされる残虐行為を目撃して生じた激しい恐怖に追い立てられていたのです。惨事を告げる甲高い音で、警報が大気を切り裂きます。数分が過ぎ、カンテラをみな消して、私たちはまた歩き出します。ついに石橋の下になんとか身を隠すところを見つけました。そこで他の者たちと折り重なるようにすし詰めになり、死がその仕事を成し遂げにやってくるのを待ちました。私たちの周りは深く巨大な夜。人間の苦悶とは対照的に、自然は動ずるところなく穏やかに推移します。あの夜ほどに神経を張りつめ、自然の声に耳傾けたことがあったでしょうか。川の水は相も変わらず清冽なざわめきを流し続け、ときにコオロギが鳴いてもそれは途切れることがありません。さらに遠くからはヒキガエルの鳴き声と、悲痛で何かの前触れのような夜鳥の叫び声が二つ三つ。そのとき、夜の中から不意に現れ低く飛ぶ戦闘機が私たちの上を過ぎ、爆撃の標的であるすぐ近くの町へと向かいます。閃光に大音響、交錯する長い火の光跡、立ち昇る炎が吹き上がり、火の柱に変えられる雲。遠目には魅惑的でもあるようなまばゆい光景が、突然に近くの光景となりました。すると戻ってゆく数機の戦闘機がまた私たちの上を通り、爆弾の残りを投棄していきます。飛行機はとても低く飛ぶので、乗組員たちは悪辣にも月明かりの夜を利用し、機関銃で好きなように私たちを狙い撃って楽しむことさえできます。たちまち自然の音に人間の叫びが混じりあいます。軽率にも木陰や粗末な住居に身を隠した人たちの裂けた肉、粉々になった身体。私たちのすぐ近く、一人の子供の頭に飛んだ爆弾の破片。短い悲鳴に続く母親の長い嘆き声。おお、死んだ子供を両腕に抱える母よ！　あなたの姿が薄れることなどありえようか！　わが生涯に渡って、見る機会が与えられるすべてのピエタ〔十字架から降ろされたイエスの遺体を抱いて嘆き悲しむ聖母マリアの図像〕の前で私はあなたのことを思うだろう……

このすべてを受け止めた魂はもう決して忘れませんでした。魂はあの夜、苦痛よりも大きな何か、つまり悪と戦わねばならぬことを知ったのです。人間の内に根付いている悪、それゆえ魂そのものに根付いている一つの悪です。

これもまた夜中の逃避行の間の出来事。私たちは打ちすてられ荒れ果てた寺院で休止します。寝るときには皆から離れた一隅を選ぶことが賢いと私は思いました。地面にじかに広げられたシーツの白さが月明かりに溶け込みます。あまりにも疲れているので、息苦しいほこりの臭いは気にならず、即座に眠りに落ちます。しかし真夜中を過ぎて、ひそかな音が私の目を覚ましました。目を開けると、なんと一匹の蛇がいるではありませんか。私がよく想像していたような実在の恐ろしい姿で。光沢のある皮には呪縛するような模様、曲がりくねる胴の上に小さな三角形の頭、双の眼球は蛇の姿をじっと見つめようとするやからを硬直させてしまいます。私はといえば、そんなときにはそれをじっと見つめてしまうような男です。死をもたらす関わり合い、言語を絶する孤独。どうして寺院の中に蛇などがいるのか？　なぜそれがまさにここにいるのか？　梁から偶然に落ちてきたのか、それとも私の臭いに引きつけられたのだろうか？　まったく無駄な自問です。恐怖が私を捕らえ血も凍りつくほどですが、そのとき蛇は動き始め、こちらへ蛇行しながら進んできます。恐るべきかみつきと毒の注入という武器庫を伴い、死そのものが進んでくるのです。もう死んだふりをするよりほかは、どんなしぐさも不可能です。どれほど時が過ぎても、怪物が身を防ぐすべもない若い命を奪おうとするこの瞬間を消し去ることはできないでしょう。ますます近くに音もたてずに忍び寄り、それは白いシーツの端で止まり、私に向けて鎌首をもたげます。まったくの静寂の中に固まり、二つの存在は長い長いあいだ向かい合います。激しい恐怖にもかかわらず、もう顔をそむけることなどはできません。地上での生活が餌食にならんとする生き物に教え込んだ恐怖にすっかり満たされながらも、私の眼差しは彼の眼差しに耐え、持ちこたえなければなりません。ますます耐え難く、麻痺させるような恐怖。ならばもう決して終わりはないのでしょうか？　いや、まさに死が終わりなのです。どんな恐れでも苦痛でも止めることのできるこの死とは、見事な発明ではないでしょうか。

「今回だけはまだだめだよ」。私はそう思いましたが、その時なにか緑色がかった微光を放ちながら、謎に満ちたこの爬虫類は私の身体に沿って滑り、突然闇のすみかに消えてしまいました。それだからといって、安堵という言葉を口にすることなど私にできるでしょうか。私の若い魂はすでに充分に目覚めていて、あの蛇は自分に宛てられた使者のようなものであり、つまり私の中に入り、私の無意識と記憶のくぼみで永久にとぐろを巻いてしまったのだと分かったのです。蛇は私にこう言うためにやってきました。死はなにか他人にだけ起こるものではないし、ただ病気や事故の時にだけ生じるものではない。死は陰にうずくまっているものだが、この上なく忠実な私たちの伴侶だ。死のおかげで、私たちの生涯は生の向こうにあるものを目指す絶え間ない努力となり、そのようにして私たちの生はこれほどの強度に達しうるのだと。

あの年齢ですでに私は知ってしまったのです、死は単なる観念ではないと。もしくは、言葉の二重の意味が重なる用語（テルム）でもなければ終局（テルム）でもないと。死は働きかけてくる力です。死のせいで——あるいは繰り返しになりますが、死のおかげで——いかなる生も、それがどれほど保護された生であっても、あらかじめ決められたプログラムとはならないのです。生とはおしなべて不測のものと望外のものとの間を航海する冒険です。個人的に私自身も後に人生の途上で私の蛇と関わりあうことになります。何度も荒々しい力が目の前に不意に現れ、恐ろしい口を開けて私を飲み込もうとするのです。生き残った私はそれでも心の奥深くで理解しました、恒常的に死と共生することからは二つの態度しか生じえないと。それは絶対的な悲観主義か、もしくは彼方なるもの、〈開かれたもの〉へと向かう、同じく絶対的な欲望です。あなたにはもう言ったと思いますが、この欲望は〈開かれたもの〉において、〈無〉から〈万有〉を生じさせた始まりの〈欲望〉に結びつきます。この二つの道のうち、私が取ったのは欲望という選択です。この欲望に突き動かされ、恋する若者である私は、あまりにも明るく光り輝く月に誘われてじっとしていられなくなり、ある日寝静まった家を抜け出し、愛しい娘の家まで花咲く小道をたどって行くことになるでしょう。

親愛なる友よ、あなたの問いかけに、まずは以下のような言葉で答え始めるために、これらの思い出や考えをあなたに伝えました。

自らの精神に教えられ、私たちはおのれの存在の最も秘められた部分が明かされるのを目の当たりにします。その部分に私たちはまったく同じように秘められた名前、つまり魂という名を与えているのです。魂とはもろもろの欲望や情動、記憶が相混じりあっている沃土であり、生まれる前からすでに言語や意識以前と形容できるような状態で私たちの内に存在していたもので、それでもそこにはすでに生まれ持った独自の歌があります。そして魂は私たちが意識や言語を奪われてしまったとしても、最後まで私たちにつきしたがいます。ひとつなぎのもので分割はできず、何かに還元はできず、替えることもできず、しかも身体と精神の恵みを取り込むがゆえに十全に受肉〔キリスト教の用語で、神が肉をまとった具体的な人（イエス）という形でこの世に現れたこと〕したものである魂は、私たち各々の単一性のしるしであり、それゆえ各人の真の尊厳のしるしなのです。魂とは実に、私たち各々が後に残すことのできる唯一の受肉した恵みであることが分かります。

敬虔な思いを込めて

F・C・

第三の手紙

親愛なる友へ

私は前回なにげなく「自らの精神に教えられ」と書いてしまいました。あなたがこの点について私に説明を求めるのはもっともです！

実際に精神について語ることなく、どうして魂を語ることができるでしょうか。私たちという存在の様態を統べる三項からなる原理、まさに身体 - 魂 - 精神という三項によって体現される原理をただちに明確にせずにはいられません。そしてまずは、この三項の中で精神の占める中心的な位置を強調しないわけにはまいりません。

そういう次第ですが、まず告白しなければならないのは、あなたは私を実に困難な、けれどもどうしても必要な課題の前に立たせてしまったということです。それは魂と精神を区別するもの、そしてこの二つが保っている関係、これをより綿密に検討するという課題です。困難であるというのは二つの境界が曖昧であるからです。それほどこの二つは互いに入り組み合い、錯綜しているのです。補完的であるゆえ、弁証法的な関係を維持しています。実際に魂と精神の明確な定義は不可能であると分かります。双方の輪郭は対比してみなければ浮かび上がらせることができないからです。

このように定義はできないのですが、少なくとも二つとも働きかける力を備えた実体であると確認することはできます。ですから、まず直観的にではありますが次のことを仮定することによって、それぞれの領域と作用のパターンを把握することができるのではないかと思います。魂とは私たちの内にあって何かを欲する気持ちを生じさせ、強く感じさせ心を動かし、共鳴させ、私たちが生きて体験したことすべてを通して、たとえ埋もれていても無意識の記憶ではあってもそれを保持し、とりわけ情や愛によって共感することを可能にするものです。アウグスティヌス〔初期キリスト教最大の教父（354-430）〕が認めた魂の三つの卓越した力、つまり記憶、知性と意志を鑑みて、私としては欲望と記憶、そして心の知性を提唱したいと思います。精神とは私たちの内で思考推論し、考案し、組織し、具体化し、知を形作るために体験を意識的に蓄積すること、そして何よりもやり取りによって伝達することを可能にするものです。

　私はフランス語の音声の資力を利用して、次のように「音がぶつかり響きあう」ように意図した言い回しを提唱することができました――「精神は思考（レゾーヌ）し、魂は共鳴（レゾーヌ）する」「精神は活動（スム）し、魂は感動（セム）する」「精神は伝達（コミュニク）し、魂は共感（コミュニ）する」「精神は『男』の陽（ヤン）、魂は『女』の陰（イン）」。これらの言い回しにはあまりにも単純化しすぎるという危険はありますが、この精神と魂という二つを結び付けている親密な絆を私たちに示し、しかもそれぞれに特有のものは際立たせているという取り柄はおそらく持っています。私たちは何を確認することができるでしょうか。各々の精神はどんなに独自なものであっても、個を超えた一般的な性質を持っています。精神は言語を拠り所とするので学習、「育成」、習得した知識を前提としています。その発達は文化的な環境、ある伝統に由来する共同社会に結びついていて、その固有の活動は原則として伝達可能で共有できるものの領域に属するものですから、交流と交換という文脈の中でも行われます。

　魂の方は何か独自で生得のものを持ち無意識で、言わば底知れぬ次元を含んでいます。それは始原において生ける宇宙の出現をつかさどった神秘そのものに魂を結びつけるものです。精神は主体が自らの魂の実在性を意識することを助けますが、魂は言語の手前に――言語の彼方にではないとすればですが――位置する状態を秘めています。個々の存在の最も奥深く秘められ、名状しがたい部分、しかも同時に個々の存在に全く固有の最も重要な部分を形作るものですから、魂は個人の生まれる前からその内にとどまっていたのであり、彼が最後の息を吐き出すときまで何かに還元できず、とりわけ何かに替えることのできぬ実体としてとどまります。なぜならば、この点でもまた、魂はもう一つの神秘を体現しているからです。それは生ける宇宙のただ中で、あらゆる生は一つの自立した実体を形成し、その唯一の存在感を際立たせているということです。この普遍的な真実である存在するものの単一性は、人間において特に明確に表れていますが、それを体現するものが魂なのです。それは属性でもなければ能力でもありません。身体に結びついて、それを活性化する魂とは、その人そのものです。再び申しますが、それこそがまさに「魂」という語の意味の一つです。ここで一息に、語の定義といってもよいものが可能であるように思います。つまり、魂とは各人の単一性の消すことのできないしるしなのです。

「何かに還元できず、何かに替えることのできぬ実体」と私は申しました。魂を無視したり、隠したり消したりすることもできます。さらには意識を持つ主体がそれを知らずにいることもあります。けれども魂はそこに完全な存在としてあり、その内に生への欲望と生の記憶、つまり熱情も傷も喜びも苦しみも混然と一つの全体として保っています。友人ジャック・ド・ブルボン＝ビユッセ〔フランスの作家（1921-2001）。チェンは彼の跡を継ぐ形で終身制のアカデミー・フランセーズ会員に選ばれた〕が挙げた定義を私は思い出します。「魂は私たち各人の内に鳴り響く通奏低音である。」魂は始原の〈息吹〉に結びついていますから、私たちの内で永遠（とわ）に続く響きを持つ歌を歌っています。そう言ってみると、私はこのようにつけ加えたい気持ちに駆られます――魂はただ各人の単一性のしるしであるのみならず、その人に根本的な統一性を保証し、またそれによって存在するものとしての威厳と価値を保証するものです。

一般的には主体が自らを確立し個性を表すことを可能にするのは精神であり、社会は必ず精神を――スポーツ選手などのケースですが、場合によって身体を――誰それの「価値」を判断する基準とみなすことは、もちろん知っています。社会というものは活動する精神が貢献するからこそ進歩するわけですから、このことは理解できます。しかしながら、存在論的なとは言わないまでも倫理的な観点からすると、これには議論の余地があります。誕生時にすでに精神機能のハンディキャップを負っている人が多いことは知られていますし、どんなに傑出していても生きている間に精神が失調するかもしれない人――ファン・ゴッホやネルヴァル〔フランスの詩人(1808-1855)〕、ヘルダーリン〔ドイツの詩人(1770-1843)〕やニーチェのことを考えてみましょう――がいることも知られています。いかに軽度な脳卒中でも、卓越した精神の持ち主を麻痺や失語症に陥れうることも同様です。それに周知のように、老いというものの影響は実に不平等なものであって、最も「偉大なる精神」をはなはだしい認知症に陥れてしまうかもしれません。今日までこの不幸から免れているだけに、私も当然このような現実には敏感です。以上のような不幸に見舞われた人々においては、ただちにその「価値」が減じてしまう、あるいは全くなくなってしまうのでしょうか。ここで私が話しているのはもちろん存在するものとしての価値です。それは基本となる価値ですが、人としての威厳を保証するものだからです。精神にハンディキャップを負った人間はそれゆえ、「無益」というプラカードで表示された追放地帯に追いやられるべきでしょうか。私たちがもし人間の知的能力だけを重視し、魂のことを忘れてしまうならば、まさにそれが論理的な結論となります。そうなると非人間的なるものが身近に迫ります。ナチス体制における心身障害者の組織的虐殺に言及するまでもなく、それは二十世紀にいくつかの国で障害者たちへの断種政策が取られたときに見られたことです。この男たち、女たち、子供たち、老人たちはみな、試練の中で彼らの魂のごくわずかでも失うことがなかったことを忘れてはいけません。彼らの魂が魂であること自体に私が話している根本的な価値があるのです。かつては精神によってのみ誓っていた私ですが、齢（よわい）を重ね、実は単純で明白なものであったこの真実をつかんで以来、存在するものたちとの関係において、自分がより公平になったと感じるようになりました。ただ単に「心の貧しき者」〔「マタイによる福音書」五章、「山上の垂訓」冒頭の言葉〕の運命について思いを巡らしたばかりではなく、ラルシュの創立者であるジャン・ヴァニエ〔一九二八年スイス生まれのカトリック思想家。一九六四年に知的ハンディを持つ人たちの共同体ラルシュをフランスに創設し、現在世界各地に広まっている〕にならって、本当に人間的な社会は彼ら障害を持つ者たちに耳を傾けざるをえないと理解した人たちに対して、私はいっそう尊敬の念を抱いています。生涯において彼らが抱いた心情や感動、また存在するものすべてに対する感受性、それらが占める中心的な役割によって、彼らは確実に私たちに教えるべき多くのものを持っているからです。

　私の心を打ったル・クレジオ〔フランスの小説家（1940-）、二〇〇八年ノーベル文学賞受賞〕の『物質的恍惚』の一節を、ここであなたのために引用したくなりました。「宗教の偉大な美しさとは、私たち一人ひとりに〈魂〉を与えたということだ。おのれの内に魂を抱くのはだれでも同じだ。その道徳的な行いや知性や感受性などはどうでもよい。その人は醜いかもしれず、美しいかもしれず、富んでいても貧しくても、聖人のようでも異教徒でもよい。それはどうでもよいことだ。その人には〈魂〉がある。隠れた奇妙な存在であり、身体に流れ込んだ神秘的な影であり、顔と目の後ろに潜んでいるもの、けれども見えないもの。崇敬の影であり、人類という種を識別するしるし、それぞれの身体の中の神のしるし。」

　けれども、この引用を読んで、おそらくあなたは私がそうであったように、「その道徳的な行い（……）などはどうでもよい」という表現に当惑したかもしれません。このことは問題になります。倫理的な問題と切り離して魂を考えることはできないのではないでしょうか。その存在の様態が理性に制御されているというよりも、むしろ本能的あるいは直観的であっても私はそう思います。自分自身の経験に限ってみても、魂は長いあいだ道に迷うことがあり、無責任な行為によって他の人たちを深く、時には償いようもないほど傷つけてしまうことがあることを私は知っています。また、噛むような後悔のもとで、もし望むならば、魂は全存在がひっくり返るように豹変したり、塵の中から別の姿で生まれ変わったりする力も持っていることを私は知っています。おそらくそれこそ、キリストが悔い改めた泥棒に投げかけた希望の言葉の意味なのです……

私の話が及ぶ範囲については、特に誤解してもらいたくはありません。つまり、決して精神の重要さをおとしめようとしているわけではないのです。個人のレベルにおいて精神は偉大で魂は本質的である、精神の役割は中心的で魂の役割は根本的である、と言っておきましょう。精神と魂のそれぞれの特性から、社会のレベルにおいては一方あるいは他方が優勢である活動領域の、何か区分けのようなものがあります。精神は政治的なものであろうと、経済的なものであろうと、法曹の分野もしくは教育の分野であろうと、あらゆる社会組織の中でその行動力を充分に発揮しています。精神は輸送網もコミュニケーション網も統御していますし、哲学的思考や科学的探究の領域においては主人として君臨しています。しかし他方では性質の異なる領域があり、そこでは精神が不在ということはありませんが、魂が介入してきます。それは単なる推論の管轄を超えて、実際に強く感じ経験する力、感動し共鳴し、想像力を豊かにし、記憶を深め、他の生ける実体や超越的なるものと強く結びつく力、そのような能力のすべてを私たちという存在に要求するような領域です。それは組織化や機能の様態といった問題の彼方に位置し、私たちの運命に不意に呼びかけ、生きてきた瞬間の総体に意味を与え苦痛と死の挑戦を受けて立つように強いる、そのような領域です。つまり美や愛、人間がなし得るあらゆる形の芸術創造――友よ、あなたが生涯の一番大事な部分としてきた芸術創造が君臨するような場なのです！

　私がこのような表現形態について語るとき特に心にかかっているものが一つあります。お分かりのことと思いますが、それは詩です。しかしこのことを長々と説明するより――ご存知のように、私という存在のすべてがこの次元に生きているものですから――ここでは心に触れる三つの引用文をあなたに披露したいと思います。まずは現代の大詩人ピエール・ジャン・ジューヴ〔キリスト教神秘主義的な詩人（1887-1976）〕の言葉。「すぐれた詩は精神ではなく魂の働きによる。凝集した塊（マッス）から『美しきもの』を掘り出す特別なエネルギーを供給するものは魂である。あえて説明を添えておこう――魂は私たちの内で唯一の永遠の力である」（『詩人を賛美する』）。次にガストン・バシュラール〔文学作品を題材にして論じた科学哲学者（1884-1962）〕。彼は哲学者、つまり精神の人でありながら、哲学的推論を逸脱するこの次元を見分けるという才覚を持ちました。「詩人の詩的宇宙と共にゆだねられるのはその魂のすべてだ。体系を作ったり様々な経験を組み合わせたりして世界を理解しようとするのは、精神の務めである。過去の知の集積に沿って調べる辛抱強さは精神にふさわしい。魂の過去は遥か彼方にあるのだ！　魂は時の流れに沿って生きるものではない。魂は夢想が想像する諸世界の中に平安を見出すのである（……）観念は精神との交わりにおいて洗練され、数も増えていく。様々なイメージはその壮麗さにおいて、魂との実にシンプルな交感を実現する。（……）そして詩人の言葉は直接に、まさに魂の言葉として学ばねばならない」（『夢想の詩学』）。

最後に、一八七一年五月十五日、ポール・ドメニーに送ったランボー〔詩人アルチュール・ランボー（1854-1891）。後世に多大な影響を与える詩作品を残したが、二十歳を過ぎる頃に創作を放棄してしまった伝説的な存在。ドメニーはランボーより十歳年上の今日では忘れられた詩人であるが、ランボーとの関わりにおいて名前が残っている〕のあの有名な「見者の手紙」〔見者（voyant）とは見る（voir）という動詞の現在分詞が名詞になったもので、「普通の人には見えないものを見る人」というような意味合い。件の手紙には「詩人はあらゆる感覚の長く広大な理詰めの錯乱を通して見者になるのです」という一文がある〕の一節をここで引用しないわけにはいきません。詩は私たちの「進歩への歩み」が拠っている知的次元を凌駕するのみならず、もし詩が「万人に吸収される」ならば、「進歩」という概念をいわば拡張することができるだろう――私にとって、その節はこう示唆する途轍もない重要性を持っているように見えます。反近代的であるどころではなく、詩は人類の進歩に関与するもの、詩もまたそれなりの流儀でプロメテウス〔ギリシア神話の神の一人。天上の火を盗んで人間に与えたとされる〕のようにふるまうものなのです！「だから詩人はまさに火を盗む者です。詩人は人類を背負い、動物たちさえも背負っています。彼は自分が発明したものを感じさせ、触れさせ、聞かせなければならないでしょう。彼が彼方から持ち帰るものに形があるならば、それに形を与えます。もしそれが固有の形を持たぬものならば、形なきものに仕上げます。一つの言語を見つけること（……）この言語は魂から魂へと伝わり、香りや音、色彩など、思考を引っ掛け引き寄せる思考のすべてを要約するものとなるでしょう。詩人は万物の魂の中でその時期に目覚める未知なるものの量を明確にするでしょう。彼は自分の思考を言い表すお決まりの文句以上のもの、〈進歩〉への歩みの覚書以上のものを与えるでしょう！　規範を逸脱する巨大なものは万人に吸収されることにより規範となり、詩人は本当に進歩を倍加させる者となるのです！」

ランボーはこの同じ手紙の中で、女性も「詩人となり、未知なるものを見出す！」時代の幕開けを予告しています。しかし彼は理解していたのではないでしょうか。ずっと前から状況は同じであり、ただ聞く耳を持つだけで充分ではなかったのかと。なぜならば、私自身あなたにこう書いていると、歳月の深みからやってきたある女性の声が聞こえてくるからです。その声は私の耳にささやきかけます。「身体は精神が手習いをしにやってくる魂の作業場です。」実に簡略で的確なこの言葉は十二世紀にビンゲンのヒルデガルト〔中世ドイツのベネディクト会修道女（1098-1179）で、神の啓示を幻視として語り伝えた。ビンゲンは地名〕によって発せられたものです。彼女は途方もなく大きな精神的存在で、その内には直観と観察に基づいた宇宙的なヴィジョンと詩歌や絵によって表れる才能が結びつき調和しています。彼女は折よく私に手を差し伸べ、息を継ぎ、中休みすることを提案してくれます。

確かにここで少し後戻りをして、今からあなたに少し詳しく説明をしなければなりません。それは決して私が魂を理想化しているのではないということです。反対にこう認めなければなりません。存在するものの奥深く、発生の場、もしくは深淵のあるところで、魂は人間の運命のあらゆる悲劇的条件を引き受けています。苦しみと死の経験に教えられ、魂は道を開き乗り越えさせる力を持ち、自らが宿る存在を天上的なものが支配する高みへと上げることができます。しかし魂はまた偏向や堕落に陥ったり、様々な破壊的衝動に屈したりすることもあります。意識的であれ無意識であれ、自由であっても強制されていても、魂は〈悪〉と複雑な関係を結ぶことができます。比喩に富んだ言い方をするならば、あらゆる人間の魂には天使と悪魔が共存していると言うことができるでしょう。しかも両者は共存するだけでは満足せず、常に相互作用を及ぼしあいます。あらゆる事例がありえます。一方が休みなく他方と闘っていたりすることもありますし、極端な場合には他方に変化することもあります。このような現象は非常に多くの場合、精神的な次元のものであり、精神医学や精神分析学の研究の対象となっています。必ずしも問題のすべての側面を説明することはいたしませんが、これらの学問の貢献は実に重要なものです。なるほど、あなたにはすでに「魂」という語はこれらの学問の地平からは駆逐され、昔ながらの魂という考えは分裂し、一連の不均質な用語や概念に分けられてしまったと指摘しました。けれどもフロイト自身が霊魂（ゼーレ）という語を使用し、彼の後ではユングのような人がそれから基礎的な着想を打ち立てたことは思い起こすに値します。私に関して言えば、個人的な関心はこの臨床的研究のレベルにはありません。繰り返しますが、私の目的は魂を身体と精神との関係において私たちという存在の構成要素としてとらえ直し、同じく可能な限りにおいて魂がこの三項の中で演じている役割をはっきりさせるということです。

古代人たちも魂の両義的な性質を見落とすことはありませんでした。あらゆる文化において、魂には二重あるいは三重の状態が認められています。その点にざっと目を通すのは興味深いことです。それは決して理論的な研究のためではありません。ただ、人間が直観的にどのようにして基本的な実在に名前を付けようとしてきたのかを見るためです。

しかし突然ですが、ここで沈黙の必要性を私は強く感じます。つまり、偉大なる伝統からやってきた様々な言葉を聞く前に、しばらくのあいだ黙想してみることが必要であると私は思うのです。実に感動的な一つの事実の重要性を私たちは認識しなければなりません。遥か昔から、人々がいるところではどこでも、他の人たちが何と言っているのかも知らずに、人はおのれの直観の宿るところにきざしたある真理をつぶやいたり公言したりしてきました。その真理は多彩な様相を帯びてはいますが、驚くほど普遍的な内容を表しています。

ですから親愛なる友よ、偉大な精神的な伝統をごく簡単に概観してみることをお勧めします。ただし、実に豊かなものではありますが、アニミズムとかシャーマニズムとか称される世界はわきにのけておきましょう。その世界は私たちをあまりにも遠くに連れ去っていきますし、民族学的な知識が必要となりますが、私にはそれがないからです。ごく簡単なものとなりますが、おそらくこのようなパノラマはあなたの目には少々煩雑なものと映ることでしょう。けれども昨日申し上げたように、人類の歴史的伝統は昔の人が私たちに伝えてきた途轍もない宝なのですから、それが存在しないかのように振る舞い、私の個人的な考えをあなたに明かすことができるとは思えないのです。私たちのだれもが、どこからかやって来ました。だからあるイギリスの詩人

〔形而上詩人として知られ、後に聖職者となったジョン・ダン（1572-1631）〕が言ったように、「だれ一人として孤絶した島ではない」のです。

中国においては魂という観念は主として道教の伝統から来ています。それによると人間の魂は原初の〈息吹〉によって活気づけられていて、二つの審級を持ちます。天上の次元を持つ魂（フエン）と呼ばれる上層部分、それから地上の次元にある魄（ポオ）と呼ばれる下層部分です。人が生きている間は魂と魄が結びつき、彼が〈地〉とよく調和して生きることを可能にし、同時に時空間を超越する領域への開口部を提供します。理想を言うとそうなります。しかし魂は曇ることがありますし、魄が腐敗に陥ることもあります。〈生〉の否定という極端な場合において、魂魄は自らの消滅に至ります。そうでなければ「規範」に従い、人が死ぬと魄は〈地〉に帰り、彼の魂はその起源の場である〈天〉に戻ります。

ここで指摘しておきたいのですが、現代の言葉遣いにおいて「魂（アーム）」にあたる語は霊魂と言い、霊という語を含み、これは「魂の精髄」と訳すことができます。この霊という名詞には偶然にも「有効である」ことを意味する用法もあります。いつの時代でも中国人の考えでは、ただ人間の魂だけが神の魂と一体になり有用な生を確保することができるという事実をごく自然なものと思ってきました。付け加えておきますが、中国語では守霊という表現は文字通り「一つの魂の通夜をする」ということを意味します。

アジアにおいて基本となるもう一つの極はインド思想です。この思想はあまり研究しておりませんから、大いなる識者であるゼノ・ビアニュ〔現代フランスの詩人・劇作家（1950-）〕に拠って、魂のヒンズー教的な概念の説明をしてみましょう。彼は著書『死の英知』でこう言っています。宇宙が循環(サイクル)に従属しているのと同様に、「人間はその本質において、果てしのない輪廻に服しています。本当にその『魂』は渡り鳥の資質を持っていて、それゆえに身体から身体へと、循環する時間の層を通り抜け、目もくらむ速さで飛び回ることになります……ヒンズー教徒にとって、私たちは永遠の実体アートマン、つまり人の誕生に先立ち存在し死後も存続するアートマンが宿る器です。アートマンとは私たちの身体を動かす前に植物から動物、それから人間へと（そして時には神に至るまでも）連綿と続く進行にしたがって次々と無数の生ける外皮を活気づけてきた、あの『実在する人』なのです。」このヴィジョンにおいて私の興味を引くのは――そこではゼノ・ビアニュが喚起しているように、死ぬ人は「魂を吐き出す」のではなく、「おのれの身体を棄てる」と言われています――このように考えられた魂は記憶を保持しているということです。「死にゆく人間は、おのれの現在と過去の良い行いであれ悪い行いであれ、その行為の結果と影響を他の生の中に汲みつくす必要性を帯同していきます。」ですから倫理的な次元、人が逃れることのできぬ責任というものがあるのです。この展望は解放の地平の上に広がっています。「まことに、善と悪の果実からおまえは解放されるだろう」とクリシュナ〔ヒンズー教の神〕は言っています。

仏教はインドに生まれ、その文化からカルマの概念を借用しましたが、その価値をすっかりくつがえしてしまいました。最終的な解脱に至るまで身体から身体へと転生する自我または「魂」という考えそのものが仏陀・釈迦牟尼によって根本的に見直しされたからです。それがアナートマン、無我の教義です。転生を超えて存続することができるような恒常的な実体に似ているものすべては彼にとっては幻覚です。存在の統一性は外観にすぎず、せいぜいその中に五つの構成要素「蘊(うん)」〔仏教用語で「積み集められたもの」の意〕を仮定することができるくらいですが、〔フランス語訳でも〕「凝塊」を意味するその名の示すとおり、それはただ個人の中に彼が生きている間一時的に凝集しているだけです。そして個人(アンディヴィデュ)はすでにその名には値せず、不可分(アンディヴィジブル)のものではありません。まとまって見えるその幻の外観を死が粉砕してしまうからです。まさにこの「私」という仮象への執着こそが苦しみと、この世のあらゆる不幸を作り出します。仏教は従ってあらゆる伝統の中で、魂に対する「不可知論」においては最も徹底的な立場です。仏教を一種のニヒリズムに比較するような、人を惑わす要約は確かに警戒したほうがいいでしょう。それでもやはり仏教の人間論は他のすべての人間論とは異質なものです。多くの西洋人が信じているのとは反対に、例えば仏教における哀れみはユダヤ・キリスト教的な愛とはまったく比較できません。仏教の哀れみは魂から魂への関係から生ずるものではなく、完全に無常な世界において、すべての生ける存在者たちは相互依存していて、自分たちの自立性を信じさせるようなあの単一性を持たないという事実にまさに立脚しています。興味深いヴィジョンですが、その根本的な不可解さは一般によく理解されていません。

これら東洋の思想に比べると、ギリシアの思想は私たちによりなじみ深いものに見えます。しかし実際には、神話と体験されたドラマが合理的な解釈に混じりあっているプラトンの著作に表れているように、ギリシア思想もかなり複雑なものです。私たちはその思想の長い展開を『パイドロス』や『国家』で読むことができます。古典の蘊蓄であなたをうんざりさせたくはありませんから、あなたからのご質問によってわが書棚で見つけるに至った何行かを分かち合うにとどめたいと思います。例えば次のイメージ豊かな『パイドロス』の一節は、ギリシア人たちが魂に存在する内的な緊張と、時には矛盾するような様々な構成要素をいかに意識していたのかを私たちに示してくれます。

だから、翼によって浮かぶ引き馬と御者が自然に一組となっている一つの力のようなものとして魂を想像してみましょう。神々においては馬も御者もみな優秀で良い種ですが、それ以外の場合、個々の品質は雑多です。私たち人間においては、まず指揮をとり、繋がれた二頭の馬を操るものがいますが、一頭の馬は優秀で良い種であっても、もう一頭は個体としても種としてもまったく逆です。それゆえ、引き馬の操縦は私たちの場合、困難かつ努力に報いることの少ない仕事となります。このような状況下では、生きているものは如何にして死すべき定めの、あるいは不死のものと呼ばれるのでしょうか。そのことを説明する必要があります。およそ魂というものは生命のないものすべてを引き受けます。この魂はある形を取り、別のときには別の形を取り、大空をめぐっています。魂が完全で翼を備えているときには高みへと昇り、世界全体を統治します。その翼を失ったときには、何かしっかりしたものにつかまるまで押し流されていきます。魂はそこに居を定め、地上の肉体を持ちますが、それは魂に属する力のおかげでおのずと動くものに見えるようになります。このように身体と魂が合わさって構成される総体に生者という名前が与えられ、人はそれを「死すべきもの」と形容します。「不死の」という語については、いかなる形の論法によっても説明することはできません。しかし神なるものを見たり充分に知ったりすることがなくても、私たちはその観念を作り上げることができます。それは生きていて死ぬことのない存在であり、魂と身体を備え、両者は自然にそして永遠に結びついています……翼は重さあるものを上へと引き連れる力を自然から授かっていて、それを神々の種族が住む方へと引き上げます。ある意味では、身体的形あるものの中で最も神なるものの性質を持つものがこの翼です。ところで、神なるものは美しく、賢く、良きものであり、この種のあらゆる性質を有しています。それこそが最も魂の両翼を養い発育させるものですが、それに反して醜さや悪、先に挙げたばかりの性質とは反対の欠点は、魂の翼の損傷と破壊をもたらします……

この節が述べる見解では（人間であるか神なるものであるかという）魂が息づく状態はあまり重要ではありませんが、魂は決して身体と結びつかずにいることはないと想定しています。死すべき人間において魂は次々と受肉しますが、魂それ自体は不死のままですから、私たちも神々の次元の性質を分有します。魂の不死の観念は他の著作、特に『饗宴』の中で強く主張されることになります。

以上、私たちにとって興味深い一節ですが、この二元論的なヴィジョンは得てして身体を軽視することにつながり、それはプラトン哲学の伝統、例えば「魂の墓場」という観念、または鳥の比喩を用いるならば魂を閉じ込める「かご」という考えに表れることになります。それは『パイドン』の次の一節を読むとよくわかります。

身体を持ち、この種の悪が自分の魂の生地に混ざりあったままでいる限り、私たちは切望するものを充分に所有することはできません。断言しますが、私たちが切望するものとは〈真実〉です。身体があるからこそ私たちは常に忙しく立ち働いていますが、それは身体を養う必要があるからです。そのうえ、もし病にかかってしまうと、それは何かを追い求める私たちの試みにおいて一様に障害となります。情欲、食欲、恐れや不安、あらゆる種類の幻影、取るに足らぬ様々なことで身体は私たちを満たすので、いわば必然的に、身体があるゆえに私たちは何かを考えることができなくなるのです。戦争や革命、争いごとを考えてみましょう。身体と様々な情欲以外は、なにものもそれらを引き起こすことがありません。あらゆる戦争のもとには富の横領があります。ところで、私たちに富を獲得することを強いるものは身体であり、身体に仕えるからこそ私たちは奴隷のようになってしまうのです。このように面倒なことがあるので、私たちには学び考えるための自由な時間が決してありません。これもまた身体のせいでそうなってしまうのです……私たちにとって実際にそのことは立証済みです。私たちが本当に何かの役に立ちたいならば、身体から離れ、魂それ自身と共に物事それ自体をよく見なければなりません。思うにその時初めて、私たちが望み、愛していると断言できるもの、つまり思考が私たちのものとなるのです。それはひとたび私たちが生きることを終えた時であって、論理の筋道に従うならば私たちが生きている間のことではありません。それは、身体と共にあると何事も正確に知ることができないわけですから、次のいずれかになるからです。つまり、知を獲得する方法などないと思い知る、あるいは一度身体などはあきらめてしまう。なぜならば、その時こそ魂それ自身が身体から離れているのですが、そうなる前は無理なことで……

これもまたギリシアに関することですが、ソクラテスの教えに照明を当てたプラトンの後で、アリストテレスはより具体的な精神を持ち、魂を三つに弁別しています。植物と動物に共通して見られる栄養を供給する魂、動物に特有の感覚を持つ魂、そして思考する魂であり、これはあらゆる生き物の中で人類に特別な地位を与えるものです。

ギリシアの後で、私の眼差しは自然に三つの一神教の方、まずはその一番目であるユダヤ教の方へと向かいます。私はここでは、明快さで際立っている『ユダヤ教百科事典』〔ロベール・ラフォン社、一九九七年〕に基づいて述べてみます。聖書の中では一般に、ネフェシュ、ルーアッハ、ネーシャーマーといった語は通常「魂」あるいは「霊」と訳され、個人の生命や人格を意味します。より年代が下る本には、身体から分離した霊や魂を指すものと受け取れる文章がいくつも含まれています。「わがご主人様の魂は、永遠なる神のもとで命の小袋にしまい込まれることでしょう」(『サムエル記上』二五章二九節)、また「すべては同じところへ行く。あらゆるものは塵からやってきて、塵に帰るのだ。人の子たちの霊は上へ昇り、動物たちの霊は地の下の方へ降りると、いったいだれが知っているというのか。」（『コヘレトの言葉』三章二〇—二一節）。タルムード〔教訓の意で、ユダヤ教の宗教的規範を集成したもの〕の賢者たちにとって、人の魂は身体とは別のものです。彼らは神と世界との関係、身体と魂との関係の間に類比を認めます。ダビデ〔古代イスラエルの王〕が『詩編』の中で五度にわたって「永遠なるものをたたえよ、おおわが魂よ」と言うとき、彼は賢者たちにならい、神と魂を照らし合わせて述べています。「神が世界全体を満たすように、魂も身体全体を満たす。神は見るが見られることがなく、魂も見るが見られることはない。神が世界全体を養うように、魂も身体全体を養う。神は清く、魂も清い。実にひそかなるところに神はおられるが、魂も同じ。」そしてこう結論します。「この五つの属性を持つ魂が、同じ五つの属性を持つお方をたたえにやってくることは良きことかな」（バビロニア・タルムード）。

別の異本はこのように宣言しています——「魂は身体を生き延び、神は世界の終わりの後にも生きる」（ラバのレビ記）。この表明は朝の礼拝式の時、タルムードに見られる次の祈りの間に唱えられます。「わが神よ、あなたが私にくださる魂は清らかです。あなたがそれを創り出し、形作り、私の中に吹き込まれました。あなたは魂を私の中に保ちました。そしてそれを私から取り上げることでしょう。けれども、未来の生において私に返してくださるでしょう……たたえられてあれ、死者たちに魂を返されるわが主よ。」受け取った魂が「清い」と認めることで、信者は倫理上の闘いとその結果の責任を引き受け、人のつとめとは一日の終わりに、そして特に生涯の終わりに、悪との接触によって損なわれていない汚れなき魂を神に返すことであると認めるのです。

中世において、アリストテレスに拠っていた世代に続くマイモニデス〔ユダヤ人哲学者・神学者・医師（1135-1204）〕のような者は、その思想をユダヤ教と和解させています。彼にとって、魂とは本質的には一つのものですが、異なる五つの能力を通して現れ出ます。それは滋養を摂る能力、感受する能力、想像する能力、感情を表す能力、論理的な能力です。魂が持つ最初の四つの能力は身体の死と共に潰えますが、各人はその論理的な能力を潜在的なものではなく完全なものに、つまりは恒久的で不壊（ふえ）の実体にまで高めることによって、不死へと到達する可能性を持ちます。この成長する魂という概念は人間の選択する自由を明らかにし、各人の最終的な褒賞（神と共にある魂の不死性）と懲罰（完全な消滅）を彼自身の行為に結びつけます。それに対して、イェフダ・ハレヴィ〔スペインのユダヤ教指導者・哲学者（1075?-1141）〕やハスダイ・クレスカス〔スペインのユダヤ教指導者・哲学者（1340?-1410?）〕のような人の意見はユダヤ教の一般的な傾向、すなわち神との交感である不死に向けての魂の発達は、第一に知的活動や知識の獲得（論理的な能力）ではなく、道徳的な行いや神への愛に拠るものであるという考えにいっそう近く見えます。「永遠の生」について指摘しておきますが、ユダヤ教指導者にとって来るべき世界とは、肉体の死後、それに値する魂が到達するまったく霊的な生活を意味し、その生においては「食べることも飲むこともなく、義人たちが神の〈臨在〉の栄光を享受するところ」です。

イスラム教の伝統は実はユダヤ教の伝統にごく近いもので（信仰に関する語彙の語源的な根に至るまで）、例えば聖書がルーアッハという語を用いるようにルーフという語を用います。しかしそこでもまた多くの哲学者たちが語彙を発展させ、存在するものの生理学的な、心的な、そして霊的な諸機能に属するものを区別してきました。特に偉大な神秘主義思想家スーフィーたちは各々が独自の展望によって魂の類型論をまるごと作り上げました。そこでは魂によって霊的な道程の上に示される信者の資質にしたがって、その魂は弁別されています。ファウジ・スカリ〔一九五三年モロッコ生まれのフランス語作家〕が『スーフィーの道』で説明していますが、「神の想起という方法によって浄化される度合いに応じて、神を知るところまで導いていくはずの諸段階を経て魂は巡りまわる。それぞれの新たな段階で魂は新しい性質を持って現れる。」それは、神秘主義者たちが秘儀伝授という展望において魂を見ているからです。だから魂にとって重要なことは、次第に神なるものに近づく世界を股にかけた旅において、「逗留地」から「逗留地」へと移っていくことです。この旅は詩において実に豊かな隠喩を生み出しました。それは恋する者の隠喩（神という恋人を探し求める者）であることが多いのですが、おそらく最もよく知られていて暗示に富むものの一つはペルシアの詩人アッタール〔神秘主義詩人(1150?-1220?)〕の『鳥たちの集会（鳥の言葉）』の中にあるものです。

すなわち、三十羽の巡礼する鳥たちが彼らの王を探しに出発し、数知れぬ世界での苦難を乗り越え、最後にはその神話上の君主たる鳥シームルグ（スィーモルグ）とは、実は彼ら自身の深みにある自我に他ならないということを発見するのです。

キリスト教は多くの要素をユダヤ教から取りました。けれども奇妙なことに個人の価値を前面に押し出します。各人の単一性、それから個々の運命の単一性もです。転生という観念はキリスト教には無縁ですが、それはキリスト教が約束する復活が同じ次元の生の更新にはないからです。復活は他の次元に属するもので、それは愛による試練を受けた実体験の変容が特徴となります。ちょうどキリストが極限の悪に立ち向かいながら絶対的な善を体現したように、人の魂がなし得る行為の可能域は福音書の物語の中心人物たちを通して私たちに示されています。その後何世紀にも渡って、相次ぎ登場する神学者たちは人間の魂の中に崇高な昇華を可能にする上層と、あらゆる形の悪の誘惑に屈し得る下層を認めてきました。特に初期教会の教父たち、つまり三位にして一体である神という実に奇妙なあのヴィジョンを作り上げた人々自身が、身体－魂－精神としての三項からなる人間という彼らのヴィジョンを通して、神の三位一体にいわば地上的な対応を与えたのです。人間は「神に似せて」創られたがゆえに、その生の循環は三項からなる様態に沿ってなされることは、この教父たちにとってまったく当然のことでした。このように、人間の生の秩序は神の〈生〉の秩序に、響きあうようにぴったり対応していました。そうです、身体－魂

―精神という三項はキリスト教初期数世紀でおそらく最も見事な直観です。この直観は二度目の千年紀以降、身体‐精神という二元論を好んだ西欧ではほぼ忘れられてしまいましたが、東洋のキリスト教圏では今もなお息づいています。

この三項をなす補完的で連動する三つの実体は、互いの間で緊張状態を保つこともあります。矛盾は身体と魂の間にも身体と精神の間にもありえます。しかし、実り豊かであるゆえに重要な弁証法的相互干渉が魂と精神の間に生じます。そこに揺らめいて生じるものは一連の関連性です。特殊と一般、内と外、情動的なものと合理的なもの、情熱と理性、想像力の欲求と実在の要求、表現できぬものと表現されたもの、埋もれた記憶と把握された現在、無限なるものの直観と有限性の意識などの関連性です。決着をつけるべき時においては「ヘブライ人への手紙」〔四章一二節〕で聖パウロが主張するように、魂と精神の区別は明確です。「神の言葉は生きていて効能があり、両刃の剣よりも切れ味鋭く、魂と精神、関節と骨髄を断つまで深く切り込む。」それに、この両極の対峙においては、詩人としての立場からして、なにか分からない反知性主義の名において、私が一方的に魂の側に立つなどとは思わないでください。もう一度申しますが、それは違います。私は精神の重要な役割を喜んで認めます。魂が意識を持ち成長することを可能にするのは精神です。構成し実現することを可能にするのも精神です。それが占める場は中心的です。けれども、この中心性に対して私は思うのですが、魂には始まりの、そして同時に究極の地位を与えねばなりません。先に私は強調いたしましたが、個々人の観点においては、精神は欠陥を持ち衰退を経験することがあります。このような事態があるゆえ、それが病によるものであれ、他の身体的・精神的障害や高齢によるものであれ、ただ魂だけがこの世の行程の間ずっと、人の単一性、最終的には統一性の、消すことのできぬしるしとして完全なものであり続ける――私たちはこう理解することができるのです。

親愛なる友よ、この手紙が様々な文化を参照することで長くなってしまったことをお許しください。多様な文化への言及は、あなたのご質問をはぐらかそうとして行ったものではありません。ご質問は私自身に関する問いかけとして重く受け止めました。しかし私自身の考えをあなたに述べるには、この回り道が必要だったのです。実際このように概観することにより、根本的な確認をすることができました。それは、最も過激な教義解釈における仏教は別にして、あらゆる偉大な精神的伝統は共通点を持ち、それは身体の死の彼方に位置づけられる魂という展望を主張しているということです。この主張は、各人の魂は原初の〈息吹〉に結びつき、その息吹はすでに述べたように〈生〉そのものの原理であるという考えに基づいています。このことを考慮に入れると、魂というものは存在することの確かな欲望に突き動かされているゆえ、抱いている「信条」がいかなるものであれ、みなにこう呼び起こす恵みを持つことが分かります――私たちそれぞれの生は中国人が〈道(タオ)〉と呼ぶ広大な冒険にいかに参与しているのか。それは実に、他にはない唯一の冒険であり、数々の変容は被るだろうが、決して終わりのない〈生〉の冒険であるのだと。

忠実なる思いを込めて
F・C・

第四の手紙

親愛なる友へ

あなたのこの前のお手紙が私のもとへと運んできた、あの海風の涼やかさに感謝いたします。描写していただいたあの瞬間を、私はあなたと共にありありと体験しました。高い谷を越えて斜面に沿って降りていくと、ある曲がり角で突然、二つの岩壁の間から遠くに見えた四角に切り取られた海、まるで両手であなたへと差し出された大粒のサファイアのように鮮やかに光る海のことです。そして「あの感動により深く浸るために、私はあなたの文体をまねて描写してみます」と言い添えるあなたに、私はまったく共感いたします。「毎回そうですが、私の心は踊り、私の魂は感謝でいっぱいになりました。あまりにも心ゆくまで造作なく広がり、ごく自然に私たちの思うままになるような、まるで私たちに与えられて当然であるような背景として見慣れた海の眺めよりは、凝縮され思わぬ約束に満ちた、あの限られた面に広がる情景の方を私は好みます。このような情景は、生活の中で出会う美がどれほど貴重な恵みで慈しむべきものであり、明かされ、変容され、交感の力の最も高い次元にまで高められることを求めているものなのかを私に思い出させます。」

なんと豊かに感受され、表現されていることでしょうか！　これは真実そのものです。

お手紙の続きの部分にも感動いたしました。そこであなたは私たちの生が置かれている雰囲気についても不満を漏らしておられます。そうです、おっしゃるとおり魂に由来するものはみな今日では二義的なもの、さらには廃れたものと見なされています。魂を敢えて引き合いに出す者は時代遅れで心霊主義にかぶれた人、さらには宗教の手先とまで見なされる危険を冒します。人は単純化しすぎて硬直したイデオロギーの中に身構えて、もう言葉の最も狭い意味としての精神によってしか誓いません。このような状況において、誠実な議論とか嘘偽りのないやり取りは不可能になっていますから、真の生に対して開かれ、魂を高揚させるような思想を生み出すことはもはやできません。そんなときにはもう、これらの本質的な問題については、「機知をひけらかす」ような一歩身を引いた態度の中に逃げ込んでしまったりします。また人目を引いたり、聴衆を仰天させようとして、ショックを与えるような言葉を敢えて使ってみたり、相手をよりうまく言い負かすためにその論理の不整合な点を探ったりすることになります。

あなたのお考えを要約してみると、お感じになっているその疎外感・違和感がよく分かります。私もよくそう感じるのです。しかし私は思うのですが、あきらめることはありません。ものごとを落ち着いて見つめることが大事です。精神によってのみ誓い、魂の存在そのものを認めない人たちとも、前向きの対話を始めることはまだ可能です。決して説得しようというのではありません。私が今まで、これまでの手紙で試みたように、ただ知覚の働きを引き合いに出すだけでよいのです。実り豊かで超越的な何かを知覚できるということを示すのが重要です。そのような知覚をないがしろにすることは致命的になってしまいます。これは霊性と物質主義の間の果てしのない論争でしょうか？　それだけではありません。私の目には、ただ身体と精神だけで構成され、他の拠り所を持たない二項は、実際には閉じたシステムである二元論を生み出してしまうように見えます。高度な研究の多くは、精神に劣る――精神こそが心躍らせる発見を可能にするものですから――物質の状態にものごとを還元してすましています。例えば私たちの時代では、人は天体物理学者や生物学者、神経科学の専門家に絶大な感嘆の念を抱いていますが、それは確かに正当なことです。その精神の創意のおかげで、彼らはそれぞれの分野において途轍もない前進を成し遂げました。ところが逆に、彼らがその偉業から引き出す結論はしばしば私たちを失望させます。私たちは「星の塵」「分子の寄せ集め」、もしくは「ニューロンの束」にすぎないというのです。これは哲学者たちについても同様です。彼らは行きつくところのない思考で注目されて満足するか、身体の抗しがたい力に甘んじようとする人たちです。

ともかく、狭い語義の「合理的な」という意味での「精神」を価値基準として称賛する人たちにとっては、実生活において感情とか情愛という形で現れるものすべて、つまり鳥の鳴き声や乳児の微笑に心奪われる感覚、美しい容貌や景色を目にした時の感動、郷愁に胸絞めつけられる時に湧いてくる涙、女性の歌が心をとらえる時に思い出す子守歌、言葉の代わりに出る優しいしぐさ、犠牲の偉大さを前に思わずひざまずいてしまうしぐさ――これらのものはみな二義的な価値しか持ちません。もしそれを単純化し何かに還元できるような方法で分析できない、つまりそれが科学の知の対象となりえないならば、それはもはや「実在の」ものでさえなく、廃棄処分にしてよいものであるか、せいぜい私たちの住まいの地下蔵か屋根裏部屋にでも放り込んでおいてよいものなのです。

ところで、私たちは閑暇を紛らすために、まさに屋根裏部屋で何かを探してみることがあります。すると古い荷物ケースの中に、私たちの先祖か親の一人によって残された写真や免状や日記や手紙と並んで、埃にまみれ黄ばんだ紙束を見つけたりします。その時私たちに降りかかるものは、まるごと一連の感情の高波、つまり多少は周りの者にも知られていたでしょうが、喜びや悲しみ、恋の情熱、癒えることは決してなかった傷心といったものです。これこそがその人物の本当の運命であり、個人的でかけがえのない秘められた部分であることを私たちは理解し、ある真理が明らかになります。それは、真実の生とはものごとの有りように関わる知——その功績は確かなものですが——の総体に限定されるものではないということです。真実の生とは各人が大文字の〈生〉に寄せる欲望、他者の生との交感に開かれた欲望の中に、そしてすべてがしるしとなり、すべてが意味を持つ共通の〈現前〉の中にあるのです。もしある神が新たな生の秩序を創る時が来るとすれば、真実の生への飢えと渇きを抱え続ける魂たちと共にそうすることでしょう。
かつて書いた一編の詩を私は思い出します。

想起（スーヴナンス）する神よ、お分かりでしょう
この地でおぼえた私たちの欲望はみな
無傷のままです。もしいつかあなたが私たちの方へ戻られるなら
それは決して憐みのためではないでしょう
なぜなら、生起（アドヴナンス）する神よ、あなたが生を新たに創る
ためには、私たちを必要とするでしょうから
深淵を生き抜いた私たちのことを。

私はここで、生涯の間、通りすがりに記憶がとどめた何人かの人物が言ったことを思い返します。

元帥卿〔晩年にルソーと親交を結び庇護したジョージ・キース（1693-1778）〕への手紙で、自分の生涯を書くという意向を伝える時にルソー〔スイス出身のフランスの啓蒙思想家ジャン＝ジャック・ルソー（1712-1778）〕が用いている表現を思います。「他の人たちがするように私の外面的な生涯を書くのではなく、私の実際の生涯、魂の生涯、私の最も内密な感情の来歴を書くのです」と彼は言っています。

他の惑星から私たちの星を観察する高度な知性を持つ生き物のことを想像するように呼びかけるコクトー〔フランスの作家（1889-1963）〕のことも私は思います。特に難しい計算に成功しつつある人間の学者を見て彼は、「まあ悪くないね」と言うかのように、見下すような微笑を浮かべています。逆に彼はファン・ゴッホのような人物を前にすると茫然としたままです。創造の恐ろしい試練を受けて立ったゴッホの魂は苦しみに引き裂かれ、熱に焦がれるその身体に際立った威厳を与えています。その威厳を前にすると、もう頭を垂れるしかありません。

この姿は逆に、『回想録』でトクヴィル〔フランスの政治思想家（1805-1859）〕がフランス王ルイ・フィリップ〔在位1830-48〕について描いている肖像を私に思い出させます。彼は王の多弁で冗長、風変わりで下品、逸話に富み、些事と機知、センスに溢れた会話のことを語っています。これは知性にとっては本当に楽しいものなのですが……彼はこう結論づけています。「王の才気は卓越しているが狭量で、その魂の高さと広がりの欠如によって妨げられている。」

私はキルケゴール〔デンマークの哲学者（1813-1855）〕のことを思います。彼にとって、人間とは有限の肉体が無限の剣によって貫かれている存在です。彼はその『日記』の中で、ある日の午後ずっと親しい人たちの間で目立った後に自分を襲った絶望感を告白しています。機知溢れる言葉で一緒にいた人たちを仰天させた後で彼はこう書いているのです。「けれども私は立ち去った。そして――ダッシュはここでは地球の半径と同じくらい長いに違いないが――頭に一発撃ちこみたいくらいだった。」魂は彼に思い出させたのです。真の生はおのれ自身よりも何かもっと大きく高く、限りのないものへ、慎ましく身をゆだねることにあるのだと。彼が後に「筆舌に尽くし難い喜び」を語ることができるようになるのは、絶望のただ中においてついに、この信じて身をゆだねる力を取り戻しているからです。「それは何かしらの特殊な喜びではなくて、溢れ出る魂の叫び声、『舌と口を持った、心の奥底からの』魂の叫び声だ。私が感じたその喜びによって、その喜びに浸って、喜びと共にあって、ただただ嬉しいのだ。」

キルケゴールが「フィリピの信徒への手紙」〔四章四節〕の中の使徒パウロの言葉、「常に主において喜びなさい。重ねて言いますが、喜びなさい」に結びつけているこの喜びは、ごく自然にパスカル〔一九頁の割注参照〕の「喜び、喜び、喜び、喜びの涙」〔一六五四年、パスカルが回心の夜に得た感激を書きつけた紙片にある言葉。この覚書は「メモリアル」と呼ばれ、『パンセ』に組み込まれている〕を私に思い出させます。私が前回の手紙で触れた身体－精神－魂の三項を最も上手に語ったパスカルです。重ねあわされた三つの秩序（オルドル）＝次元という文飾を通して、彼は三項に垂直な広がりを与えたのです。『パンセ』のこの忘れがたい断章の主要部分〔塩川徹也訳『パンセ』（上）岩波文庫、断章三〇八より。ただし文脈により「愛」を「愛徳」に差し替えてある〕を改めてあなたに示します。少し長めに引用しますが、それはこの断章を大事に心にとめ、私がそうしているように事あるごとに読み直していただきたいからです。

> 身体は精神から無限に隔たっているが、その隔たりは、それを無限に超える精神と愛徳との無限の隔たりを象徴している。なぜなら愛徳は超自然的なものなのだから。
>
> あらゆる栄耀栄華は、精神の探求に携わる人にとっては色あせて見える。
>
> 精神の人の偉大さは、王侯、富者、将軍、これら肉界の大立者の目には見えない。
>
> 知恵の偉大さは、神に由来しないかぎり無に等しいが、肉的な人の目にも、精神の人の目にも見えない。それらは三つの次元であり、類を異にしている。
>
> 偉大な天才たちには、おのれ固有の支配圏、栄光、偉大、勝利、光輝があり、肉的な偉大さは少しも必要としない。ここでは、そのような偉大さは無縁だ。彼らを見るのは目ではなく精神だ。それで十分だ。
>
> 聖人たちにも、おのれ固有の支配圏、栄光、勝利、光輝があり、肉的な偉大さも精神の偉大さも必要としない。ここでは、そのような偉大さは無縁だ。どれほどの偉大さをそこに加

えても、またそこから引いても、何も変わらないのだから。彼らを見るのは神と天使たちであり、肉体でも、詮索好きの精神でもない。彼らには神だけで十分だ。

（……）

あらゆる物体、天空、天体、地球とその王国は、最小の精神にも及ばない。精神はそれらすべてと自己を知っているが、物体は何も知らないからだ。

すべての物体を合わせ、さらにすべての精神とその所産を合わせても、愛徳の最小の働きにも及ばない。それは無限に高次の次元に属しているからだ。

物体すべてを合わせても、そこからひとかけらの思考を生み出すこともできないだろう。それは不可能だ。別の次元に属しているのだから。物体と精神のすべてを合わせても、そこから真の愛徳の働きを引き出すことはできないだろう。それは不可能だ。別の次元、超自然に属しているのだから。


愛徳（カリタス）とは各人の魂が、無尽蔵に与えられる生の豊饒な源と様々な恵みを通して交感する愛（アムール）の次元のことです。各人はおのれの内に——その知性の度合いや、精神の状態などは重要ではないのですが——生まれた時から持っている一つの歌を感じ取っています。たとえ幾たびもこの世界の騒音にかき消され、自分の耳では聞こえなくなったとしても、その歌は途絶えることなくその人に寄り添っています。『オルフェウスへのソネット』の中で「歌うということは存在すること だ」と私たちに思い出させるリルケの命令のもとに、私はまたクローデル〔フランスの劇作家・詩人（1868-1955）〕にならって聖書中の呼びかけを拝借し、こう言ってみます。「音楽の邪魔をしないでおくれ！」

中国語では、例えば夕暮れや夜に、大自然が沈黙のうちに静まり返るように見える状態を描写する表現があります。その表現には二つのバージョンがあります。万籟無声（ワエンライウーシエン）（万の音が沈黙と化す）、それから万籟有声（ワエンライユーシエン）（万の音が聞こえ来る）です。一見したところ相反するこの二つの表現は、中国人の耳には同じことを意味しているように聞こえます。沈黙が生まれるときこそ、人はそれぞれの音をその本質においてとらえるからです。ですから、無益な言葉に一日中振り回されることのないように、この世界の雑音に屈することのないようにしましょう。私たちの内の、魂の奥深くに潜んでいる生まれ持った歌のリズムをつかさどる通奏低音、それを聞き分けることを覚えましょう。この魂は宇宙の普遍的な〈魂〉と共鳴することができ、その思いがけぬ広大さは私たちを驚かせることでしょう。自分が魂を持っていると知っているかいないかで、事情はまったく異なってきます。魂を持っていることを知っているということは、単調な日々の味気無さの中でも与えられることのある宝に、繊細な注意を払っているということです。そうでなければ、日々の単調さはすべてを埋もれさせようとします。見出された宝は、もう埃まみれの屋根裏部屋には置いておけませんし、吹く風に放り投げる代わりに大事に大事にするものです。そのとき人は自ら望んでか、あるいは無意識のうちにか、肉の体が魂に相応じて満ち、身体は魂に教えられ、しかし魂に従属することなしに、肉をまとった存在でありながらますます自律的になってゆくプロセスに入ります。

肉をまとった魂はもう一つの肉体

葡萄の若枝の上に高く燃え上がる炎
唯一のネクタルから生まれた無垢な恍惚
鷲の飛翔より高き天上の雲
潮の満ち干の上の愛撫するような月
流れる星を追い求める幼子の夢
始まりの息吹に追いつかんとする叫び声

全く別の肉体たる　肉をまとった魂

お分かりでしょう、親愛なる友よ、あなたは一人ではありません。

それに、人は魂を持つということを知っていて、人間存在そのものであるこのかけがえのない部分をおろそかにしていないのは、私たち二人だけではありません。魂とは自分自身にとってだけではなく、出会いという奇跡によって失うことのできぬ存在となった他者のものとしても同じく大切です。出会いとは、ただ心の知、換言すれば愛の知によってのみ起こりうる奇跡です。

この出会いを大切にする一方で、私たちに突きつけられている挑戦、今日ではかつてないほど焦眉の問題である挑戦を受けて立つことを免れることは絶対にできません。それは悪を直視するということです。悪の所産はテロ行為や戦争、そしてある一部の者の貪欲さに押しつぶされる多くの人々の不幸を通して、皆の日常生活に侵入してきます。私たちはおのれの精神の能力すべてに働きかけ、この混沌状況を分析し、人の魂が抱え持つ深淵部を探りつつ、それを一掃できるように努めねばなりません。知性や正義の権利を守らねばならぬ政治や経済の領域があり、この人間の魂の底の部分もあるからです。この最深部をダンテのような人が、またそれに続いてシェイクスピアやユゴー、ドストエフスキーのような人が探りました。さらに他の多くの人々、女性であれ男性であれ、特にキリストにならって自らの生を犠牲にしてまで、それに対峙した人たちもいます。このような辛苦を通してのみ、私たちの魂の光の部分が本当に姿を現す幸運に恵まれることでしょう。

ある限りの友情を繰り返しあなたに送ります

F．C．

第五の手紙

親愛なる友へ

あなたの「本当に大切な思い出」を呼び起こしていただき、言いようもない喜びに満たされました。大切な思い出を分けてくださったことを、心から感謝いたします。あなたがおっしゃるとおりです。ジョルジュ・ペレック〔フランスの現代作家（1936-1982）〕にならって、私たち一人ひとりがいつか、少なくとも心の内で、『ぼくは思い出す』〔ペレックの著作のタイトル〕を書かなければならないのでしょう。自らのために、または他者と分かち合うために、自分の魂の道程をたどることが重要です。それこそが私たちの本当の生だからです。

私の方でも、あなたがなさったほどに長い内省の道をたどったわけではありませんが、自分の記憶の層を掘り起こしてみました。すると、いくつもの瞬間が思い浮かびます。それは様々な現象の外観のもとに、他の隠れた関係や現実があることを私の魂の眼が教えてくれた瞬間、そのようにして感動をもたらしてくれた瞬間です。

私は中国西部のあの平原を思い浮かべます。放浪の旅を続ける私たちはそこで偶然に、粗末な小屋で一夜を過ごしました。夜明けに、目を覚ました私たちが見つけたものは、まだ残る夜霧の中から浮かび上がった、丘の上の三本の老松です。適度な間隔で並び、互いに引かれあい、お辞儀をし合っているような気に満ちた松でした。風に開かれたその空間全体が老松のうちに節度とリズムを見出していました。その間、太陽が赤い印を押すように地平線に顔を出します。瞬時に私は理解しました。世界の美は常時そこにあり、一つひとつの魂がそれを捉えて一幅の絵にすることができる。人の創造はこのようにして、あの大文字の〈創造〉の営みを延長していくのだと。

私たちが小屋で一夜を過ごしたあのアルプスの山のことを私は思い出します。朝早く頂にまで登ると、人けない沈黙の中で小さな湖が私たちを待っていました。天と地の間の一つの湖、それはけがれのない青さを尽くして天空の原初の青を映しています。水面(みなも)に影を投げかける雲も、さざ波を立てる微風も、影を落とす雑草も野生の花も、上空を飛ぶ鳥たちも、なにものも静かで澄明な湖面を乱すには至りません。湖は一つの鏡のままであり、私たちもそうであるようにと誘います。山の頂に立ち、広大なる世界の真中で、私たちは微小で無名なるものです。しかしほんの一瞬の間、自分たちも実際に鏡であるかのように感じます。不可解なほど美しい現前である人目につかぬこの一隅を目にして、私たちは感動しているからです。そうでなければ、あのすべてが空しいものであり、何ごとも知られることがなかったことでしょう。もし別のもの、超越する〈他者〉がそれを知ることがなければ。その場合には、鏡となった私たちは、一瞬の間それほど空しい存在ではなくなるでしょう。ともあれ、私はそのとき心の中で、鏡となった自己をより長く持続させる才能を持った私たちのうちのある一人のことを思います。

心に浮かぶのはダ・ヴィンチの絵《モナリザ》です。その人は絵の中でまさに、深い谷から段々と頂にまで至る山の景色の高みに位置する湖を描いてはいないでしょうか？　その垂直の景観が前景の女性の姿の背景となっているのです。頂の湖はまさに女性の目の高さにあります。湖を浸す文字通りに超自然的な光は、モナリザの眼差しから発散する光をさらに引き立てています。そのことによって、この絵はまったく別の次元を持つことになります。もともとフィレンツェのあるブルジョワ女性の肖像画だったものが、今では美の神秘に関する、いわば形而上学的な問いかけを表す絵となったのです。美の約束を含み、女性という形を取った身体、顔つきの美へと実際に到達する原初の風景が作り上げる奇跡に関わる問いかけです。驚きに満ちた震えるような問いかけです。何が起こったのでしょうか？　どうしてこれがそのように起こったのでしょうか？　美とは何でしょうか？　美がある意味を持つならば、何を意味するのでしょうか？　美に無縁ではいられない私たちは、いったい何者なのでしょうか？　意識せずとも漠然となされたこれらの問いかけこそがモナリザの微笑を魅惑的なものとし、その絵を比類なきものとするのです。

ダ・ヴィンチのこと、美を前にした驚きのことを考えるときに、彼のもう一枚の絵、人間の身体の美を前にして神そのものが捕らえられた魅惑を表現している絵を、私はどうしても忘れることができません。昔ローマのヴィラ・ボルゲーゼ〔公園の名前だが、ここではそこにある同名の美術館を指す〕で見た《レダ》を思い出します。女を誘惑し交わるために白鳥に変身するユピテル〔ローマ神話の最高神。ギリシア神話のゼウスと同一視される〕の絵です。座っているか横たわっているレダを提示する他の画家たちと違って、ダ・ヴィンチはただ一人、立ったままの彼女を登場させ、その謎めいた光輝極まる姿を世の光に正面から差し出しています。これはおそらくルネッサンス期で最も「大胆な」裸体、ボッティチェリの《ヴィーナス》よりもいっそう大胆な裸体です。白鳥が翼でレダの太腿を包もうとする一方で、彼女はその口の方へ伸びる長い首を片手でつかみ、自分から遠ざけようとしています。この絵からは途方もなく雄弁な力が発散しています。他の画家たちの同じテーマの作品の大部分においては、誘拐がいわばすでに成立している場面に立ち会うことになります。白鳥の欲望はまさに成就する一歩手前であり、その後に続くものは衰退のみ、言い換えればオルガスムス、「小さな死」でしかありえません。この偉大なフィレンツェ人(びと)の天才はその前の瞬間、樹の内部での樹液の上昇のような欲望の高まりの瞬間を捉えたことにあります。私たちの眼前で緊張が高まるドラマ、抑えられぬ欲動と定義しえぬほど多義的なものからなる緊張が極まる、神と人間のドラマが演じられているのです。神は不意に被造物の美に捕らえられ、おのれの欲望に驚嘆する。女は自分を捕まえようとする異様な存在に抵抗し、身震いにとらえられ動揺する。信じられぬほど肉感的でありながら恥じらいに満ちたこの絵は、実際には失われてしまった作品の最も忠実な模写だと見なされています。しかしこの絵によってオリジナル作品は今後も私たちの想像の世界に住みつき、芸術家自身が夢見たように、想像力はもはやその光景を夢見ることをやめないでしょう。魂の間の終わりなき交感の別の形です。

この失われた傑作は、中国の絵で、やはり同じように有名な別の作品を思い起こさせます。それは王維（八世紀）〔同時代の杜甫や李白と並ぶ詩人としても有名〕の《輞川図（もうせん）》です。それを鑑賞する恩恵に恵まれた人たちの眼に崇高なものと映ったこの絵について、私たちが見知っているのは模写だけです。この絵もまた後に続いた芸術家たちの想像の世界に住みつき、彼らは繰り返し自分自身の夢にしたがってそれを再創造してきました。不在でありながら存在しているという神秘です！　この点については、より広い問いかけが生まれ、私たちにつきまとうかもしれません。すべては主観でしかないのか？　すべては幻想でしかないのか？　例えば生ける宇宙に関して、その多くの基本原理を感知する私たちは諸原理を意味あるものとみなしますが、宇宙の方は私たちに無関心で、私たちの願望にはまったく関知しないかのように見えます。私たちは決定的に見捨てられた孤独な存在、失われてしまった起源を懐かしみ、絶えず夢を抱いては諦め、残酷なまでに問いの受け手を欠く存在なのでしょうか？　否（いな）、ものごとを別な風に見なければならない。ある師はそう言っています。生ける宇宙において一見、私たちの問いの受け手がいないように見えるのは、私たち自身がその問いに答える者であるからだと。

私はごく高齢のその偉大な画家をたずねた忘れがたい訪問のことを思い出します。動転する世の真中にあって束の間の避難の場であるような、そんな谷の奥で師は世捨て人のように暮らしていました。中国の伝統の中でも精神的な高みにあった一時期に、生ける宇宙のただ中にある人間の運命の真に正確なヴィジョンを捉え具象化した宋と元の偉大な師たちの教えに、彼は忠実であろうとしていました。師が説明するところでは、そのヴィジョンは人間の魂が宇宙の〈魂〉と真に共鳴し、古代の人たちが「神韻」と呼んだ芸術創造の至高の域に入ったときに初めて可能となるのです。問題の宇宙の〈魂〉とは自然の向こう側にあります。つまり「道（タオ）」の魂であり、そこには始原の〈空（くう）〉と原初の〈息吹〉が常時存在しています。厳密な意味での自然に関して申しますと、それは私たちに直接答えることはできないものです。私たち自身がその開かれた眼と鼓動する心臓であるからです。そのように言ってから、師は所有している貴重な巻物をいくつか広げて見せてくれました。私たちの前に広げられたものは、神聖な荘重さと揺らめく深さに満ち、目には見えぬ律動的な息吹が巡る広大な山水図でした。この景色の真中にいるのは、瞑想に浸る一人あるいは何人かの、小さく見える人物たちです。師は次のように解説しました。

人物が前面に置かれ、景色が背景に退く古典絵画に慣れている西洋人の眼にとっては、中国画の中の人物は〈万象〉の限りない靄に溺れ、すっかり迷っているように見えますね。けれども少し時間をかけて、心を開放するような気持ちで絵を見つめるようにします。そうして景色の奥深くまで入り込んでみるなら、しまいにはその小さな人物に注意を集中できるようになります。そして、ある最適な地点に身を置いて景色を享受しているその感受性豊かな人に同化できるようになります。彼はまさに、ある大いなる身体の眼であり心臓であるということが分かります。いわば彼は中心軸であって、その周りに有機的な空間が展開していきます。したがって、その空間が少しずつ彼の内面風景となるのです。

実際に、私はその日理解しました。このような立場に身を置くと、〈道〉のただ中において、先ほど私が申しましたとおり、人間は生ける宇宙の開かれた眼と鼓動する心臓となるために作られた、そう認めることができるのだと。人間はもはや、あちらこちらの場所から宇宙を凝視している、あの根無しで孤独な存在ではありません。実は私たちが宇宙を考えることができるのは、宇宙が私たちにおいて思考するからです。おそらく私たちの運命は、私たちよりも大きな運命の一部をなしています。そのことは私たちという存在を決して小さくするのではなく、反対に大きくします。私たちが存在するということは、もう二つの埃の間にあるような不条理で取るに足りないエピソードではなくなるからです。私たちの存在は開かれた展望を享受しています。

この恵まれた出会い、さらに他のいくつかの出会いを通して私は確信しました。人間の魂は高みに昇ることができる、神の魂に合流することさえできるのだと。身体の美の傍らに魂の美があります。この美には「善意」という名前があります。この善意は実際に真の美の本質を有しています。身体の美は長続きしません。また、堕落によって損なわれるかもしれません。善意が本物の場合には時間によって限られることはなく、混じりけのない美によっています。ですから私はある日、こう書くことができました。

善意は美の質を保証する。

美は美で善意を望ましくする。

人において、魂の美は眼差しを通して現れ、一連のしぐさによって表されます。それは言葉というものを超えて私たちの心を打ちます。ただ無言で流れる涙が、美しい魂が引き起こす感動を伝えることがあります。

身体の美を称えるダ・ヴィンチの作品を喚起しましたが、もう一枚、今度は魂の美を息づかせる絵《聖母子と聖アンナ》を前にした交感、ルーヴル美術館での交感の瞬間を思い出さなければならないでしょう。垂直に広がり、同時に円を描くような動きのある構成から、私たちの前に母性愛と隣人愛を原動力とする伝達の次元が具象化されています。上から下に向かって、聖アンナから聖マリアに、聖マリアからイエスに、イエスから一緒に遊ぶ子羊に向けて、それぞれが恵みを与え庇護するしぐさをすることによって、優しさと恐れ、脆さと決意に満ちた空間を開いています。〈生〉の気高い約束は守らねばなりません。それは確かに守られています。人の愛の幸福があります。否定しようもなく、そこにあります。けれども、ある予感がすでに内部からその幸福をさいなんでいます。無条件の愛は全面的な贈与であり、無防備で、身を守るすべを持ちません。いつしか子供は大きくなり、もう子羊とは遊びません。彼自身が子羊となるのです。子羊は自らが犠牲となることを受け入れ、絶対的な愛があること、〈生〉の気高い約束がまさに成就することを証明します。死はその時突然、もう一つの生の秩序への通路に変容するのです。

真の善意とは何らかの一時的な思いやりや良い感情とは違うもので、ましてや、ある種の素朴で朴訥な純粋志向にとどまるものでない。そう私は理解するに至りました。真の善意の発露には実に多くのことが必要となります。それは悪というものがあらゆる形を取り、この世界にあるからです。最も恐ろしい悪は人間が他の人間に与える悪です。知性と自由を授けられた存在である人間は、どんなことでもすることができます。多くの魂は上方へ、高みへと向かいます。そこにこそ真の自由があると知っているからです。ところが鎖の反対の端では、他の多くの魂がさまざまな欲望に目をふさがれ、限りのない獰猛性、残虐性の暗がりの中に沈んでゆきます。善意の道に踏み込む人は、時には自分の命を犠牲にするような覚悟で、試練に立ち向かわなければならないでしょう。真実と美を探し求める人は、苦悩は〈道〉において光に到達するために必ず通らねばならぬ通路であることを知っています。

陰鬱な世界の悲劇的な深淵の中、夜の真っ暗闇においては、いかなる微光であっても、舞う蛍や流れる星、ぽっとついた火でもみな生のしるしです……もう一度言いましょう。それぞれの魂はたとえどんなに脆く些細なものであれ、おのれが生きて体験したこと、つまり陶然とする思いと歓喜、苦悩と恐怖、悔恨と哀惜が交錯する運命をそのまま証言するように促されます。すべてが呼びかけであり、しるしです。これこそが〈道〉の意味であり、道はその変換の歩みを続け、

〈生〉によるものすべてをいつか取り戻さねばなりません。

私はまた、満月が天頂に昇っていた秋半ばのある夜のことを思い出します。中国全土がわき立っていました。清める光に浸された大地は、始原へのノスタルジーに引きつけられる潮の満ち干のようでした。だれもが気もそぞろになり、普通の眠りではなく覚めながら夢を見ているような状態になりました。近くのものが遠くのものに通じ、現在と過去が入り混じり、なにも他のものから離れて孤立してはいないという感覚、すべてが融和しているという感覚が私たちを包み、至福の真中に置きます。私たちはほとんど思春期も出ていない年齢でしたが、すでに愛の情熱に捕らえられていました。水際に降りて、ヒヤシンスの芳香匂う川に沿い、微風のままに黄金色にかがやく野原を通り抜けて進みます。さらに先のところで松林の丘を登ってゆくと、途絶えることのない松籟(しょうらい)は私たちの無駄な言葉よりは雄弁に思えます。すると突然、私たちの恋する心は沈黙し、丘の反対側からやって来るこだまに耳を傾けます。流れ落ちる水の呼びかけはますます逆らいがたくなります。私たちは再び川の方へ、豊かな水が両側の崖の間を流れ落ち、橋が架かっている場所へと丘を降りていきます。涼気と落水のとどろきに包まれたこの橋は感情の高まりと打ち明け話にはうってつけの場所、恋人たちの逢引の場でした。密かに愛する人がそこに来ているのではないか。そんな突飛な夢を抱く私の胸は高鳴ります。すると、その場その時に心奪われている面々の中になんと、かけがえのない顔、それなしにはすべてが不在であるかのような顔があったのです。時の彼方からやって来た光に向けて差し出された鏡のように、その愛する顔は確かに、紛うかたなくそこにいて、私に微笑んでいました。ですから、この世で奇跡は起こるのです。まるで、あらゆる星々を超えて合う約束を交わした私たちの約束が成就したかのようでした。一瞬のうちに、瞬間は永遠に変わります。私にはそれで充分なのでしょうか？　そこから永続する愛が生まれるのでしょうか？　一つのことは確かです。私の生の残りがノスタルジーとなるということです。二つの崖を結ぶ橋が与えたこの恵みを一閃のうちに凌駕することは、なにものにもできないでしょう。

私は愛の営みの夜を思い出します。肉欲の恍惚の極まる状態は身体を超えるものです。中国人は「溶けた魂」、または「溶けて魂となる」という表現でその状態を示します。

それでもやはり、すべては身体を通って行くのです。「身体は精神が手習いをしにやってくる魂の作業場です。」偉大なる神秘家、ビンゲンのヒルデガルト〔五三頁の割注参照〕のこの名句を覚えておられますね。魂は身体が被ったことを記憶しています。大きくてもせいぜい二メートルそこそこのこの身体を、地上での生が厳しい試練にかけます。身体は素晴らしい至福の感覚をもたらすことがありますが、不幸が到来すると、いかに多くの苦悩に耐える覚悟をしなければならないでしょうか。苦悩とは渇き、空腹、病気や傷であり、極度の苦しみや、時には耐え難い損害を引き起こすことがあります。もし特別な状況で、身体が拷問する者の手中に落ちるならば、人間の残虐さと想像力には限りがないものですから、最悪の責め苦も覚悟しなければなりません。

　私自身の慎ましいレベルにおいてですが、戦火を逃れる集団移動中に麻酔も不十分な状態で受けた盲腸の手術のことを忘れることはできません。また、戦後すぐに行われた中国西域への遠征の際の死ぬほどの渇きの体験も忘れることはできません。私たちは民間人に供用された軍用トラックでゴビ砂漠を走行していました。すると、不意に砂嵐がやってきて道と地平線を消し、突然私たちの進行を止めてしまいます。嵐は過ぎ去りますが、恐れていたことが起こりました。トラックが止まってしまったのです。私たちの運転手はその無能さと狡猾さをいっぺんにさらけ出しました。彼はただ自分の益になるように燃料を節約するという目的で、道程は短くなるが危険であるとされる古い道を通っていたのです。運転手が車のモーターと格闘している間、私たちは異なる方向に分かれて現場の状況を調べてみました。灼熱の太陽のもと、板状の石が点在する砂丘が広がっています。樹は一本もなく陰もありません。何か助けになる存在はまったくありません。私たちは身体の状態が変わってしまったことを自覚しつつ、何も得ることなく戻ります。知らないうちに乾いた空気が身体から大量の水分を奪ってしまいました。身体を覆っていた汗が乾いて、ねばつく層となり、毛穴をみなふさいでしまいます。絞めつけるような渇きが私たちを苦しめ始めます。それが高じて肉や骨を突き刺すにつれ、もう過ぎてゆく時間を数えることは諦めてしまいます。身体が縮こまるように、たった一つの欲望、水を飲みたいという欲望に向かいます。けれども、もう水は一滴もありません。日が退いて、夜がやってきます。赤い口元を見せる夕日は、なかなか巣には戻ろうとせず、血に飢えている猛獣のようです。私たちは今や、もう渇きでしかない宇宙の取るに足らぬかけらとなりました。夜はサソリを恐れ、トラックの中で横になったまま で息苦しさに耐えます。渇き燃え立つようなのどのせいで、私たちは錯乱状態に陥ります。滝がとどろく音の方へ走って行ったり、銀河(ミルキーウエイ)が惜しみなくそのミルクを注ぐ桶の前にひざまずいたりする自分を夢に見たりしました。

明け方、厳しい寒さで私たちは目覚めました。トラックから降りて貴重な涼気を吸い込みますが、ほどなく苦しい暑さがやって来ることは分かっています。私たちはまた長く待ち続けることにしました。ところが、元気な男性ですが、私たちのうちの二人がもう我慢できずに、気絶して太陽に焼かれる危険を冒すことになるという運転手の警告にも耳を貸さず、歩いて行けるところまで行ってみようと決断をします。分別を忘れて、私もついて行きました。やけどするような砂地に足跡がつきますが、それもすぐに砂に飲み込まれてしまいます。一時間後には、果てしのない砂の広がりに打ち負かされ、私たちは疲労困憊し口もきけずに引き返さざるをえません。私たちみなにとって、渇きと空腹に恐怖が付け加わりました。人はこの過酷な土地で突然、石くれのように倒れて死んでしまうかもしれないのです。

正午過ぎになってやっと、もう一台別のトラックが大音響を立ててやってきて、重くのしかかっていた無気力状態から私たちを引き離しました。砂漠で三十時間近くも水分を摂らずにいた後、水の最初の数滴がのどの内側を潤すのを感じた時、私は自分の身体の欲求がかなえられたことに歓喜したと言うだけで足りるでしょうか？　私は地に身体を投げ出すほどの荒々しい衝撃に揺さぶられ、思わずそこで砂の上にひざまずいていました。言語に絶するある感情が私の魂を満たしたのです。それは確かに私たちを救った人たちへの感謝の気持ちではありますが、同時に、いかに〈生〉の奇跡への感謝でもあったことでしょうか。〈生〉は人間が推し測ることのできぬ約束をいくつも含んでいるように見えます。人間の生は恐ろしい試練をいくつも潜り抜けていかねばなりません。実際の生はあまりにも多くの場合、かなえられぬ欲望からできています。けれども他方では、自然は満たすことのできぬ欲望は根本的に決して生むことはないということに驚かずにはいられません。その場合には、新鮮で涸れることのない水をその源にこそ求めるべきではないでしょうか。十六歳の若者であった私は、その時自分に投げかけられた奇妙な呼びかけ、おのれの最も高次な欲望を始まりの〈欲望〉そのものに常に結びつけよという呼びかけを聞きました。その〈欲望〉とは、繰り返しになりますが、生ける宇宙の出現をつかさどったものです。この〈生の欲望〉はおそらく、人間が厚かましくも期待する以上のことをすることができるでしょう。私の魂は忘れることがありません。七十年ほど後になっても、数多くの喪の悲しみを経た末に、魂はまだこのように書く純真な率直さを保持しています。

渇きのはてに
ひとくちの水
死はおしなべて生である
砂漠でありオアシスである

それに、私たちの遠征の続きの行程では私の直観が正しいと分かります。海面よりも下に位置するトルファンを通り、私たちは遠くチベットに続く高原の省である青海に入ります。トラックは一挙に、休むことのない風が吹くあの海抜四千メートルの台地に私たちを引き上げます。地平線の彼方には「世界の屋根」の一部を成し、八千メートルの高みにそびえる万年雪の壮麗な山の連なり、崑崙山脈が輝いています。

息も切れて心臓は高鳴り、私たちはクレバスと草地が散在する広大な地の真中に迷い込んでいました。何千年もの間一民族全体を養い育成した黄河、その源から遠くないところにいることだけは分かっていましたから、心は高ぶっていました。河の源は未踏査の高く起伏する氷河に隠れていましたから、当時はまったく近づくことができません。私たちは大河最上流部の小川に沿って行くだけで満足しました。そして改めて感謝しながら、澄んで冷たい水でのどを潤し、この比較的小さな流れが次第に大きくなり、谷や平原を抜けて流れ、昼夜まったく休むことなく進み、ついには戻ることなく海に注ぎ込むさまを想像していました。無邪気に私は思ったものです。「こんなに自分を与え続けていると、じきに涸れてしまわないだろうか？　この水源が尽きないのはなぜだろう？」それから、私は水に影を落とす雲を見つめました。その下を横切って時々鷺や白鳥が飛んでいきます。そうです！　水は流れながら蒸発し、空で凝結し雲となり、また雨となって落ち、水源で再び河に補給するのです。天と地を巡る大循環。何たる驚異、何たる奇跡でしょうか！　私の若い心は、老子の『道徳経』〔「道徳経」は老子の著作として一般に「老子」と訳されている〕で「行きて必ず帰る、放してもまた戻る」と主張されていることに共鳴しました。〈生〉が空しく消え失せることがあるでしょうか？　渇きに苦しんだ全存在をかけて、私は「否」と応えました。

黄河の水源では自然に海のことを思いましたが、当時私はまだ海を知らず、いつか知ることになるという希望さえありませんでした。戦争に災いされ、私たちは広い中国大陸の深奥部にいましたし、自分に降りかかる運命がどのようなものになるか確信を持つ人はいませんでした。ところで、その少し前に――その時私は十五歳でした――丘に面している私のとても小さな部屋で、中国語に訳されたシェリー〔イギリスのロマン派詩人（1792-1822）〕の一篇の詩を読んだことがありました。詩人はその中で、永遠のうちのある一日の午後、アペニン山脈の高みから、虫の羽音が聞こえる葉むら越しに遠く、あの神話の古い神々たちの住居である地中海がそのすべての金を尽くすように輝くさまを、自分がいかにして眺めていたのかを描写しています。その時私は、無限の夢を運ぶきらめく波と結びつきたいという激しい思いに焦がれていました。いつの日か、実に曲がりくねった道のりを経て、まさにとりわけ選ばれた海、地中海に接する国の民になろうとは思いもしませんでした。ましてや私の齢（よわい）八十のある日に、シェリーが生きて海に没したイタリア・リグリア州の聖地レリチの名が冠された詩の大賞を受賞することになろうとは夢にも思いませんでした。ですから、私のあまたの彷徨や堕落にもかかわらず、目には見えぬ神秘的な糸が、今までのすべてに私を結びつけていたのでしょう。私にはある一つの声が、驚くべき真実を耳打ちするようにさえ思えるのです。つまり、私たちがいだく欲望そのものの中に、その欲望の成就は含まれているのだと。

しかし……私もまた、千年生きたよりも多くの思い出を持っています〔ボードレール（1821-1867）の詩集『悪の華』にある、「憂鬱（スプリーン）」という同一のタイトルの四篇の詩のうちの二篇目の作品の冒頭〕！　すでに夜もだいぶ更けましたから、この遠い記憶を呼び起こす練習は一旦中断しなければならないようです。地層を掘りすぎたので、隠れていた泉があらゆるところから吹き上がっています。私としては、それを順序立てたり制限したりせずに、そのままみな雑然とやって来るがままにしたいところです。だからこの手紙の続きは別の日としましょう。

親愛なる友よ、明け方の光景を呼び起こすことから、この手紙を始めました。あなたもきっと私のように、規則正しく日の出と日没に立ち合うことを習いとし、その壮麗さに心動かされる者のうちの一人だと思います。個人的には、海や大河に沈む夕日を見に行くことが好きなのですが、太陽が山の頂に現れる姿にも飽きることはありません。最初にそれを見たのは中国南部に位置する、ある歴史ある山の上です。一日かけて苦労して登り、雲間に霞む頂に近づいていくと、樹齢何世紀もする厳かな大針葉樹林の中に入りました。樹脂の香気が私たちを酔わせ、この上なく古風な世界と交感させます。それは始原に触れるような感覚です。ある寺の僧侶たちに迎えられ、背負っていた荷物を降ろしました。日はすでに暮れています。滝で禊(みそぎ)をし、質素な食事を摂り、ひさしの隅に吊り下げられた鈴の音にあやされるように眠りに身を任せます。朝五時に私たちは、高みにある棚状の岩壁、都合よくいくつかの平たい大岩でできている場所までよじ登って行きます。ある者は立って、ある者は座り、談笑しながら三十人ほどで待ち構えます。周りはまだ厚い闇ですが、時折何かの予感をはらむように野鳥たちが横切って行きます。ずっと遠くには山並みがあり、「此岸」と「彼岸」とを分ける城壁となっているのがおぼろに見分けられるようです。突然ひとすじの光が地平線を描き、みな黙り込みます――私たちの心臓で銅鑼が打たれ、一振りの剣が暗闇を切り裂きました。光が合図し、生が告げられます。もう何もそれを妨げることはできません。悲壮に、けれども確実に、一センチまた一センチと、光の円盤は陰から浮かび上がってきます。聖なるものに心つかまれ、涙にかきくれて、私たちは沈黙していました。それから、否みがたく、絶対なる存在として抗しがたく、太陽が丸く満ちたその全貌を現します。私たちがはじけるように拍手し、万歳をしたのはその時です。それはまるで、明るく染まり、世界が取りうるすべての色合いで輝く雲と私たちが同調するかのようでした。

　これほどの光輝を前にすると、私たちは打ちひしがれるような思いにとらえられるかもしれません。私たちはいったい何者なのか？　ここで何をしているのだろう？　埃のかけらのような存在として、私たちはむしろ恥じ入っているような、少し滑稽な様子をしているのではないだろうか？　実際に私たちは皮肉な薄笑いをしてしまうかもしれません。けれども、もう一つ別の声も聞こえてきます。「埃のかけら、そのとおりだ。けれども、おまえは見た者だ。見たということは、取るに足らぬことではない。もうだれも、おまえが見なかったということにはできない。見たという事実は消すことができない。宇宙は何十億年も前から存在する――おまえがいくらこう言われたとしても無駄なことだ。おまえの方は初めてそこにいるのだから。まるで世界の出現に立ち会うかのように、おまえは日が昇り世界を照らすのを見ている。おまえが生じるにつれて宇宙は生じる。この出会いの瞬間はおまえにとって意味があるように、宇宙にとっても意味があるのだ――永遠とつながる瞬間、永遠の瞬間だ。」

ずっと後にノルマンディー〔フランス北西部の地域名〕で、リジューとポン＝レヴェックの間、オージュ地方の低地を一人で歩いていました。

正午　沈黙
田園の真中で
雷のように私を打つ

一つの叫び声
青空より落ち
高みより称え祝う
おまえの飛翔より落ち
雲雀（ひばり）よ！

それから、ある日の午後、薄暗い住居に差し込んできたあの光の筋があります。対比によって人間の悲惨さを際立たせながらも、その光は彼方からやって来た天使のように現れました。永遠のただ中で孤独に沈む一つの魂によってとらえられたからです。

さらには、あの窮乏と貧苦の日々を思い出さずにはいられません。そして、パリの通りで突然に崩れ落ちたあの時のことも。すぐ近くにいた消防士たちを呼んでくれた人々の証言によると、私はその場で突然倒れ、頭部を負傷したそうです。私は歩道の埃の中に額を埋めたまま出血していました。私は気絶しておりましたから、消防士たちはすぐには私を動かしませんでした。「昏睡」状態で、びくともせず、外部から来るいかなる音も聞こえていなかった間ずっと、私は内面においてはまったく「覚醒」していました。自分と対話中の私の「自我」が動き回っている状況の、あらゆる細部を私は覚えています。開かれていると同時に秘められている空間のただ中を私は漂い、飛んでいました。はっきりとした色合いはなく、ただ極めて甘美で、ほの明るく、静かに包み込むビロードのように柔らかい灰色の世界です。

私は運ばれるままになり、いかなる束縛からも解き放たれたこの状態に酔っていますが、しばらくすると内面で、ある声が立ち上がりました。「どこだ？　おまえはどこだ？」続いて来たのは一連の問いかけです。「おまえは生まれる前にいるのか？　それとも死んだ後か？　生まれる前でも死んだ後でも、どんな違いがある？　おまえは一つの生を生きた。それとも、これから一つの生を生きるのか、なんだか分からない！」それから、問いかけが終わります。一つの肯定とそのこだまだけが私に残ります。「おまえはここにいる、大丈夫だ。おまえはここにいる、大丈夫だ。おまえはここにいる、大丈夫だ……」私は何も考えずにまだ漂っているのか、飛んでいるのか。するとついに外部からの一つの声が私の耳に届きます。「聞こえますか？　聞こえますか？」混沌の奥底から私は答えます。「少し……少しは聞こえます……ここはどこですか？」消防士が通りの名前を教えてくれます。「そうですか、その名前は分かります。その通りは覚えています。以前いました……それはいつ？　ずっと昔だ、昔のことだ……」

そう言ってから、両目は相変わらずぴったり閉じたまま、自分が乗り物で運ばれていること、それが大きなサイレンの音を放ちながら走っていることを感じていました。どこか彼方からついにこの地上の現在に戻った時、私は病院の大きな救急室、人生に疲れ痛手を負った他の多くの人たちの真中にいました。

血液、心臓と脳の検査に区切られた長い待機の一日。夕方には食事が出され、その後で医者が私に向かって総合的な診断を説明します。彼は「低血圧」「心臓停止」という言葉を口にし、MRI装置を備えた他の施設で行うべき、より詳しい検査について話をしました。「とりあえず、ご自宅に戻ってよろしいですよ。だれか迎えに来られますか?――いえ、だれもいません。――いいでしょう。一人だけで歩いてもかまいません。注意をすれば充分です。ご存知でしょうが、ムッシュー、生と生でないものとを分けるものはタバコの巻紙と同じくらいに薄いのです。でも区別は存在しますよ。あなたはこちらの生の側にいます、お気をつけて!」

外は夜になっていました。街灯はみなつけられ、通りは気のせいた車と急ぎ足の歩行者でいっぱいでした。匿名と無関心という雰囲気は孤独な生活者を打ちひしぎます。ただ私の額に巻かれた包帯だけが何人かの視線を引きました。私は機械のように通りを進んで行きます。小さな公園にまで行くと、ベンチが私を迎え入れてくれました。街の音が弱まり、すべてが落ち着きを取り戻します。私はそこでたった一人ですが、こちらの生の側にいます。正面の建物の四階か五階で、窓が一つ開きます。穏やかな音楽が聞こえてきます。それから女性の声で、郷愁を誘う歌、昔聞いたことのある歌。そのような種類の音楽は、普段は私の耳をかすめるだけです。その時は、歌が私の身体も魂もつかみ、われ知らず目に涙が浮かんできました。私は自分が、数えきれぬほどの無言の星々を経めぐったあと、地球という惑星の浜辺にたどり着いた人であるように思いました。この星は苦悩の深淵であるという評判ですが、突然に限りない優しさを秘め、本質的に母性的で、母親であるかのように接してくれるようにも思いました。この涙の谷からある歌が立ち上がり、そこに住むそれぞれの魂が、生まれてからずっと自らのうちに一つの子守歌を抱いていることを思い出させてくれるからです。この子守歌は始原の歌と共鳴し、たとえ幾度も幾度も荒れ狂う暴力の喧騒に妨げられ、かき消されたとしても、魂のうちで歌うことをやめません。最後の最後まで、もはや一本の草さえ残っていない時まで、人類はその記憶を不滅にするおのれの子守歌を口ずさむでしょう。

われらの偉大な歌の詩人たちの最後の歌曲のこと、彼らのむき出しになった魂のことを私は思います。心をとらえようとか説得しようとか、そのような気づかいはもうありません。飾りのない打ち明け話だけです。モンテヴェルディの『オルフェオ』の歌、バッハの『マタイ受難曲』とカンタータ、モーツァルトのレクイエム、ベートーベンの四重奏曲、シューベルトの『冬の旅』とソナタ、クープランやブラームス、ドボルザーク、ショパンのしかじかの作品、リヒャルト・

シュトラウスの『四つの最後の歌』、マーラーの『大地の歌』、フォーレのレクイエム、プーランクの『カルメル会修道女の対話』、メシアンの『アッシジの聖フランチェスコ』の褒め歌……これらはみな人間の魂によって要約され、純化された歌となった〈存在〉の本質です。

偶然の一致でしょうか、私はクリスティアーヌ・ランセ〔現代フランスの女性作家〕の美しい本を読みました。最近出たばかりの『光の真中で』です。私は次の一節に目を止めました。「魂はどのように私の身体を離れるのでしょうか。それに、どうしたら魂はあまり反抗することなく、それに同意するでしょうか？……この問いは長いあいだ私の頭から離れませんでしたが、私の好きな作曲家の一人フランツ・シューベルトの曲、ダヴィッド・フレイ〔一九八一年生まれ、現代フランスの男性ピアニスト〕による演奏『ハンガリー風のメロディー、ロ短調』を聞いた日にやっと解消されました。私はついにあの世への路銀、私の魂と身体の分離のリズムを見出していたのです。三分間ほどのピアノ曲は過度の悲壮感も荘重さもなく、大がかりな仕掛けもなく、私の魂を気球のように膨らませてくれます……私の最後の沈黙のとき、葬送のために音楽を奏でる天使たちに演奏してもらいたいのは、まさにこのメロディーです。」

ベルリオーズ〔フランスの作曲家（1803-1869）〕はその『回想録』の中でこう書いています。「もし彼の心が詩的なメロディーに触れることで震えたならば、また魂の白熱を告げるあの内奥の熱情を感じたならば、目的は達せられた。芸術の空が彼に開かれたのだから、地などはどうでもよい！」彼はここでは創造者たる芸術家として語っています。その言葉は、一般に芸術創造は同じプロセスに従うということを私たちに想起させます。芸術作品は人の魂によって内面化され、精神の助けを借りながら魂によって再創造された形象、はっきりと感知できる宇宙を語りかける形象です。カンディンスキー〔ロシア出身の画家（1866-1944）〕の言葉を聴いてみましょう。「芸術家とはあれこれの筆触（タッチ）の適切な使用によって人間の魂を震えさせる手である（……）セザンヌは一つのティーカップから魂を備えた創作をすることができた。より正確には、そのカップの中に一つの存在を認めることができた。」（『芸術、特に絵画における精神的なるものについて』）。人がみな芸術家であるとは限りませんが、どんな魂も一つの歌を抱えています。そして魂はみな、自分に歌いかけてくる他の歌に応えることができます。どのような時代でも、どの文化においても、それぞれの魂には現世の揺りかごを離れる瞬間に聞きたいと思う音楽があります。魂はおのれよりも広大な歌と共鳴することをやめないでしょう。

喜びは分かち合いを呼びますが苦悩も同様であることを、私は忘れないようにしています。苦悩の謎、あるいは躓（つまず）きを前に、苦しむ人は援助と理解を期待しますが、ある根本的な真実が彼には明らかとなります。すなわち、各人が唯一のものであるという事実は、決して彼を特別な宝石箱の中に隔離するということにはならないということです。もし他のそれぞれも唯一の存在でなければ、ある人が唯一の存在になることはできません。そうでなければ、問題のその人は一つの奇妙な見本にすぎないということになってしまうでしょう。それぞれの存在の単一性は、それが普遍的な事実であるということを含むのです。単一性は普遍性と関係がある――私たちはこの逆説を確認せざるを得ません。しかしこれは実は逆説ではなく、反対にものごとの論理に収まるものです。各人が唯一の存在であるならば、唯一なる者としての他者という感覚をさらに持たねばなりませんし、他者にはますます尊敬と価値を与えることができるようになります。それこそがまさに、愛の可能性が生まれる基盤なのです。自分が唯一の者であることを知りながら利己的な自尊心に閉じこもる者は、人の本性にもとる怪物にすぎないでしょう。場合によってはただ苦悩だけが、彼を根拠のない虚栄心から引き離すことができます。道徳の面においては、苦悩は私たちに他の教訓を与えることができます。生涯のあいだ、人は様々な傷をこうむることがありますが、同じく、故意であろうとなかろうと、他者に与えてしまう傷というものもあります。さらには他者に対して犯してしまう重大な過失もあります。傷であれ過失であれ、時には恐ろしく、取り返しのつかない結果を伴い、私たちを後悔させ、赦しを請わなければという思いに陥れます。概して、それはもう遅すぎるか、あるいは人間の力の及ばない状態となっているものです。ここでもまた、人はある逆説に直面することになります。このように魂が憔悴し、償いの思いにとらわれている人は、普遍的な次元の王国に参入することができるのです。それは限りのない憐みという王国で、まったく見捨てられたという恐怖の中に消えたすべての無垢の犠牲者たちの魂が交感しあう王国です。

私は自分の記憶から、この世を去った人たちのことを――知り合い親しくなった人たちのみならず、知り合いではなくともその存在を知ることになった人たちのことを、敢えて排除しようとは思いません。そのだれもが共通点として生への燃えるような愛を持っていました。様々な感情の発露と共に生き、彼らはこの世を去りました。ある者は穏やかな同意のもとで、あるいは身内の者に向けられた悲痛な微笑みと共に。また他の者は恐ろしく見捨てられた状態で、あるいはひどく苦しみながら去って行きました。逝ってしまう者はみな、生きている者のうちに悲しみを、それからまだ交感したいという抑えきれぬ思いを引き起こします。すると、次のような奇妙な事態が起こります。死は広大な悲嘆の場を穿ちますが、同時にある交感の広大な領域を、星空と同じくらいに実在的な交感の場を開くのです。情愛深く、磁石のように引きつける魂たちの交感、聖徒たちの交感。そうです、聖徒たちの交感、この的確な言い回しはおそらく〈生〉の神秘的な鍵を含んでいます。この限りなく、終わりのない交感の真中で死は解消され、消滅したからです。

すでに充分に長いこの手紙はここで終わりにすることもできるのですが、親愛なる友よ、私の目の前にあるものを、再びあなたと分かち合うことをお許しください。

パリで私の部屋の窓は、木々の葉群れ豊かな隣の公園のすぐ前にある小さな庭に面しています。この庭の中心は一本の菩提樹です。春の豊富な降雨のおかげで、この樹は夏になると信じられないほど豊かな枝ぶりとなります。私の家にやって来た友人たちは誰も彼も「ああ！」と感嘆の、とりわけ驚きの声を上げるほどです。どうして、こんなことが可能なのでしょうか？　どのようにして混沌（カオス）に由来する地面が、この樹のように無数の枝と分枝、葉と花からなる完璧な卵型となった樹を生むのでしょうか？　その繁茂とそよめきは決して無秩序に広がっているわけではなく、協調と調和を保つ恒常的な配慮にしたがい、この樹の姿を美の象徴とするのです。まっすぐな幹はそれほどたくましくは見えませんが、気品に溢れて圧倒的するほどの光輝に満ちたこのすばらしい葉の重なりを、どのようにして静かに信頼するように支えることができたのでしょうか？　この幹の内から促す力にしたがい、それぞれの枝が成長し、呼吸しなければなりませんでした。同時に、枝は曲線をある中心の方へと向ける配慮を持ち続けなければなりません。中心の求心力は各瞬間、枝の総体に空気と光と樹液の適切な分配を確保します。鋭敏な相互作用からなる、ある統一的存在がそこに明らかに見て取れます。微風がやって来ただけで、その存在はすっとリズム運動に入り、空間に確かな裂け目を作りますが、それは有限と無限が絶え間のない婚姻状態にある一つの〈開かれたもの〉です。ある意志がこの存在を支え、ある意向がそこに宿っています。涸れることなく湧出する泉のように、その存在はもはや贈与と受容でしかありません。それは自分の波が引きつけるものに、相手が渡り鳥であろうと放浪する人間であろうと、芳香放つ陰と滋養となる輝きを惜しみなく分配します。

　樹と鳥の絆は自然なものに見えます。しかし樹と人間との結びつきは充分に考慮されているでしょうか？　自然の中に、これ以上信頼に足り、長く付き合える仲間を見つけることはできないと、私たちは自覚しているでしょうか？　私たちのように立っているこの存在、地面の深みより決然と空の高みへと向かうこの存在は、私たち人間も地からと同じくらい天からも受け継いでいるということを思い出させます。火山岩、腐植土、あるいは泥土からなる基礎を足場として樹は伸びやかに成長し、見事な漏斗（じょうご）の形となり、空から落ちる雨を飲み、さらに高くからやって来て世界全体に活気を与える光の息吹を飲むのです。砂漠の真中や平原の地平線のところに、一本の孤立した樹が立っていることがあります。私たちはみな流浪する者ですが、その私たちがもはや独りぼっちではなく、創造された世界が私たちにとって、もはや無意味ではないと感じるにはそれで充分です。私たちに、あらためていろいろな問いが押し寄せてきます。一見すると答えのない問いですが、問いかけられたならば、それがそのまま答えでもあるような問いです。この大地は多くの者からは盲目で意識はなく、向かう方角も何もないと見なされているが、なぜ樹のように完璧なものを生み出すに至ったのか？　より一般的に言うと、なぜ個性を持たぬ広大無辺が一つひとつの存在を生み出し、それがいかに小さなものであれ、他には還元できぬ単一性を持たせたのか？　なぜ私たちがここにいて、これら個々のものを見て感動するという特権を享受しつつも、自分たちが自らの意志でやって来たのではないと知っているのか？　なぜこんなにも多くの存在が、生きようとする本能で脈打っているのか？　なぜこんなにも多くのしるしが、まるで感覚を持ち、呼びかけるかのように震えているのか？　静まり返った谷間で一羽の鳥が鳴くと、私たちは突然、言葉にならない郷愁にとらえられます。風が吹きすさび、むき出しになった高い山の上で、一輪の野生の花が私たちに会釈したならば、私たちは感謝の念に打たれ、自然にひざまずいてしまいます。そんなときには、神秘に同意するように私たちの魂が働きかけるのです。宇宙の見える部分を目にしていて、その一部となっている私たち。私たちは見られているのでしょうか？　もし見るということがまさに始原になければ、いったい私たちは見ることができるのでしょうか？

そうです、私たちは充分に謙虚になり、見えるもの見えないものすべてを、目の前にはいなくとも源にいる〈だれか〉が見て、知っている、そう認めなくてはなりません。ただ完全な視覚を持つ者だけが真の知と真の力を享受しています。そのおかげで、生ける宇宙は生成の中にあり、私たちも生成するのです。記憶から浮かび上がった一つの歌が口をついて出て来ました。それをあなたにささげます。

一輪のアヤメとともに
被造物すべてが諾（うべな）われる。
一つの眼差しで
生のすべてが諾（うべな）われる。

あなたの忠実なる
F．C．

第六の手紙

親愛なる友へ

魂についてご一緒に深く考えておりますと、シモーヌ・ヴェイユ〔フランスの女性哲学者（1909-1943）〕のことをあなたに語らずにはいられないように思います。暗い二十世紀を照らしながら駆け抜けたあの比類なき人物です。込み入った激しい生、短い生涯で人間の現実のさまざまな側面を一望に収めた生。けれども、その運命の要約を試みなければならぬとすれば、私は敢えて「魂への歩み」と表現するでしょう。つまり彼女の生が本質的なるものの絶え間ない探求であったということです。

あなたに彼女のことを語ることをうながす、もう一つの理由があります。魂についての私たちの考察は、これまで個人の運命に焦点を当ててきました。彼女の試みも同様でしたが、その人生の最後においては、戦争の状況がその魂についての見方を集団の次元にまで広げるように導いたのです。切迫した状況で行われ、著作に書き留められた瞑想の成果は、あらゆる点において例外的な貢献となりました。それを読むと、人が自分にも魂があることを忘れてはいない社会とは、いったいどのようなものであり得て、どのようなものであるべきかを想像することができます。彼女の説得力、論述の明快さはすばらしく、その展望はカミュ〔フランスの作家（1913-1960）、一九五七年にノーベル文学賞受賞〕、バタイユ〔フランスの思想家・小説家（1897-1962）〕、シオラン〔ルーマニア出身、フランスの哲学者（1911-1995）〕など非宗教的な地平からやって来た人たちによっても、きわめて重要なものであると認められました。

それで、「魂への歩み」ということですが、まずは精神というものの肯定から始めましょう。と申しますのも、一九二〇年代の終わりから三〇年代前半に位置する彼女の哲学者としての形成時代――アンリ四世校で習ったアラン〔哲学者（1868-1951）、各地の高等学校教授を歴任〕の教え、高等師範学校への進学から哲学教授資格の取得――を最も的確に形容する表現はおそらく「精神に与えられた優先権」だからです。精神という言葉で彼女が意図するものは、人間に授けられた適性、おのれの生を理解し理性にかなうものとすることを可能にする力のことです。この適性に資するように、彼女は自分の知的能力すべてを動員しました。熱心なプラトン学派の哲学者として、彼女は観念（イデア）の力を確信していました。それゆえ彼女は休むことなく、自分の行動指針となるようないくつかの中心的思想を掘り出すことを目指して、精神の作業を進めました。彼女の相次ぐ社会参加（アンガージュマン）――工場での労働、労働組合運動の実践、スペイン内戦への参加――はその行動指針の忠実な実践です。

　同世代の多くの者たちと同じく、私は早い時期に彼女の異なる著作をあまり系統立てずに読みましたが、毎回その眼差しの鋭さと閃光を放つような直観に心奪われました。私はすでに、彼女の晩年の著作における魂という概念の重要性に気づかずにはいられませんでした。この重要性が決定的にはっきりしたのは最近、ある機会に求められた発言の下調べとして、この晩年の文献をすべて読み直すことに専念した時です。それはマルセイユに移り一九四〇・四一年に書かれた文献と、これが最後の滞在となりますが、ロンドンに渡り四二・四三年に執筆されたものです。外面的な状況はご存知のことと思います。一九四〇年、ヴィシー政権〔第二次世界大戦中のドイツ軍占領下、国土の南半分に管轄権を持ったフランスの政権〕により布告されたユダヤ系教員の教職を禁止する不公正な法の処分により、彼女は六月に家族と共に南仏に下り、十月にマルセイユに身を落ち着けます。そこでドミニコ会神父ペラン師と出会い、心を揺さぶり、また心の内を明かすことを求められるような対話を結ぶことになりました。そこから手紙のやり取りも生まれ、後にそれは『神を待ちのぞむ』というタイトルで出版されることになります。同じ時期に、ブドウ栽培農場で働きたいという思いを表明し、ギュスターヴ・ティボンに紹介されます。この農民思想家との間にも別の対話が生まれます。まったく同じように心を揺さぶり、自らの心を明かすことを求められる類のものでした。最後に、家族と共にアメリカ合衆国に行くためのビザを待つマルセイユで、彼女は日に日に自分の考えを何冊かのノートに書きつけました。フランスを離れる前に、書きためたものをギュスターヴ・ティボンに託しますが、彼は戦後そこから断章を選び、『重力と恩寵』と題した一巻本として出版します。それは大反響を呼ぶことになります。シモーヌ・ヴェイユはと言えば、ニューヨークに一度落ち着きますが、その場所にとどまる気にはならず、あらゆる方法を使ってロンドンの「自由フランス」〔ドイツ軍に占領された祖国を脱出した軍人ド・ゴール（1890-1970）がロンドンで組織した亡命政権〕に合流しようとします。一九四二年暮れに彼女はロンドンに到着します。しばし躊躇した後、アンドレ・フィリップ〔フランスの政治家（1902-1970）、当時は自由フランスの役員〕は、あるワーキンググループに彼女を編入させました。そのグループの使命は、大戦が連合国側の勝利で終結したあかつきに、フランスと世界の再編成のために新しい人権宣言を準備するというものでした。哲学者ヴェイユは突然自覚します。重要な思想活動を成し遂げる機会が与えられ、そこで個人と社会の問題について熟考する自分の能力を試すことになるのだと。彼女は部屋に閉じこもり、ほとんど睡眠も食事もとりません。一月の初めから四月十五日までの三か月半、渾身の起草の仕事を進めます。その四月十五日、彼女は部屋の床にくずおれ、テーブルの上にはびっしりと書き込まれた何百枚もの紙が残されました。病院に運ばれ、それからサナトリウムに移され、彼女は四か月後三十四歳で亡くなることになります。その原稿は一九四八年にガリマール社〔大手の出版社〕に届きました。それを読んだカミュはひどく感動し、ただちに自分が主宰する「希望叢書」で出版します。タイトルは『根をもつこと』で、起草者ヴェイユ自身が予定していた『人間に対する義務宣言へのプレリュード』に代わるものでした。

それゆえ、シモーヌ・ヴェイユが魂について言っていることを知るために、私は彼女の思想の頂点をなす最晩年の著作の再読を試みました。『神を待ちのぞむ』と『重力と恩寵』においては、驚愕するほどではないにしても驚くべきことに、「精神」という語はあまり目立たないのに対して、「魂」という語は多くのページを通して顔を出しているということを私は確認しました。二つの語のそれぞれの出現回数をさっと数えてみると次のような結果となります。『神を待ちのぞむ』においては「精神」が五回で「魂」が百回以上、『重力と恩寵』においては「精神」が七回で「魂」が六十回以上。『カイエ・ド・マルセイユ』〔ヴェイユがティボンに託したノートの総体〕のような、より大きな資料体にあたるならば、二語の出現頻度の不均衡はさらに際立ちます。彼女の生のこの最終段階においては、魂の問題が中心的な関心事であることが明らかになった。こう言っても過言ではありません。

『根をもつこと』に関してですが、『重力と恩寵』でシモーヌ・ヴェイユに近づき、場合によっては次に『神を待ちのぞむ』をひもといた読者のうちの多くは、この三作目には取り組みませんでした。彼女はそこではもう自分の霊的な探求ではなく、社会的な問題を語っていると思ったからでしょう。ところが、彼女の著述活動のフェルマータであるこの本は（指摘しておきますが、彼女の著作は何篇かの論文を除いて生前は一度も出版されていません）、その思考の歩みを理解するためには根本的なものです。ヴェイユの魂に関する信念はそこで際立ってはっきりとします。この本を読まれるように熱心にお勧めする次第です。

彼女は率直に、「〈魂〉に必要なもの」として定義された一連の資質、または美徳を列挙することから始めています。次に、自分の知識や経験に基づきながら、その内容を詳説していきます。彼女はそれらの資質を直ちに、決して抽象的な聖性ではなく、極めて具現化された超自然的秩序との関連で位置づけていきます。パスカルと同じく、彼女は確信しています――「人間は人間を超える」ものであり、その運命はおのれを超える生起の一部をなす。また、人間は「あらゆるものの尺度」とはなり得ないし、ましてや自分自身の価値の基準とはなれないと。プラトン学派哲学者、後にはキリスト教の道に与した〔制度としてのキリスト教の入り口に踏みとどまり、受洗はしていない〕哲学者として、彼女は超自然的秩序を絶対的〈善〉、また絶対的〈愛〉と同一視しています。贈与という原理が優位を占めるこの超自然的秩序において、人間の魂が必要とするものは、おのれ自身のための権利である前に

〈生〉に対する義務として現れます。哲学者ヴェイユ自身の表現によると、「義務の観念は権利の観念に勝る。権利の観念は義務の観念に従属し、相対的なものである。」ですから、あり得た新しい「人間の権利の宣言」において「権利」がキーワードとなるはずなのですが、彼女のテクストの最初のタイトルでは、「義務」という語がその「権利」という語に置き換わっているのです。自然の秩序を超自然的秩序に結びつける必要性を正当化するために、同時期に書かれたテクスト「人格と聖なるもの」の中で、シモーヌ・ヴェイユはプラトンの『ティマイオス』に着想を得て、二方向の根を持つ樹のイメージを用いています。「絶えず空から降り注ぐ光だけが、地中深く力強い根を張るエネルギーを樹に供給する。樹は本当のところ空に根を張りだしているのだ。」ここではまさに「根を失うこと」と再び「根をもつこと」の問題が提示されています。近代の人間が根無しの存在となっていることは彼女の眼には明らかでした。すでに過度な産業化が、農村住民の都市への流入と工場で働く労働者の貧困をもたらしていました。それから彼女は他の多くの「根の喪失」の形にも注意を向けます。それは大規模な植民地政策、大量破壊戦争と全体主義、民族規模の移民、強制移送と収容所から生ずるものです。この集団的現象以外でも、哲学者ヴェイユはもちろん、人間をその根底から突き崩す惨劇を察知していました。当時の悲劇的な諸事実にもかかわらず、「近代性」を祭り上げ、それ自体無条件に価値あるものとするイデオロギーが思想界に広がっていたからです。

近代の人間とはすべてに無関心となり、おのれ自身の力以外のものは何も信じない、それを誇らしく思うような人のことです。混乱した権力欲に流されて自分一人の欲望に従い、自然を思うままに支配しようとし、一元的で閉じた自分の物の見方に適合しないような基準はどれも認めようとしません。自分自身で決めた価値を自らに付与しています。自分をなんらかの記憶や超越性につなぐ絆をすべて断ち切ってしまっていて、心の奥底では恐ろしい不安にさいなまされています。それは生ける宇宙のただ中で、恐ろしいほど独りぼっちだからです。近代人は一種の相対主義に安住し自己満足していますが、それは反世間的な生き方やニヒリズムに陥ってしまうことがよくあります。

人間を根無し草の運命から引き離すために、シモーヌ・ヴェイユは決してなんらかの「郷土への帰還」を提案するわけではありません。彼女にとって再び「根をもつこと」が有効となるのは、存在の根そのものにおいてだけです。つまりそれは、生ける宇宙を生起せしめたものの中でのみ、しっかりと把握した超自然的な秩序の中でのみ有効となります。この秩序が人間の運命に、適切で開かれた生成を保証するのです。本当の自由は、真の生への到達を請け合う〈道〉の掟に従うことに基づいています。この哲学者が魂に優位性を与えたのは、このような展望を持っていたからです。ヴェイユによると、魂は様々な形の逸脱や堕落を経験することもありますが、彼女が魂の「不動の部分」――マイスター・エックハルト〔ドイツ神秘主義を代表する神学者（1260?-1328?）〕の「魂の底」を思わせます――と呼ぶ場には神聖なるものの約束が存在します。魂のかたわらにあって、精神は認識の道具として極めて重要な役割を果たします。精神はしかし、各人が生まれ持ち何かに還元はできぬ土壌である魂の働きを補うものです。

最終的な考察の核心を明確に説明しようと心をくだきました。となるように予定されていたものです。ヴェイユはそこで、当時の深刻な状況下、ロンドンでの論を展開する前に、一読していただきたい文章があります。もともと『根をもつこと』の序文

この宇宙の外側、人間の諸能力が把握できるものの彼方に一つの実在があり、だれもが抱く完全な善の欲求が人間の心の中でこれに対応している。この世で善きものはすべて、この実在に由来する。あらゆる義務が生じるのもこの実在からである。

一人の例外もなく、あらゆる人間に対して各人が負う義務は、この実在に基づいている。この義務とは、各人の魂と身体のこの世での欲求に可能な限り応じるというものである（……）。

一人の人間が必要とするものは神聖で侵すことができない。その充足は国是（国家的理由）に従属しえず、金銭、国籍、出自、肌の色等のいかなる考慮にも従属しえず、当該人物

に付与される道徳上その他の価値にも従属しえず、それがどのようなものであれ、いかなる条件にも従属しえない。

一人の特定の人間が必要とするものの充足への唯一の正当な制限は、他の人間たちの窮状と、必要とするものが与える制限である（……）。

問題となるのは、ただこの地上で必要とするものである。人が充足させるものはただそれだけだ。身体が必要とするものは大切であるが、魂が必要とするものも同じくらいに大切である。魂が必要とするものがあり、それらが満たされなければ、魂は飢えたり手足をなくしたりした身体の状態に似た状態に陥る。

人間の身体はとりわけ、食物、暖かさ、睡眠、衛生、休息、運動、きれいな空気を必要とする。

魂が必要とするものは多くの場合、対立して二つで対になるものに分類できるが、それらのものはバランスを取りあい、補いあっている。

人間の魂は平等と序列化を必要とする（……）。

人間の魂は同意された服従と自由を必要とする（……）。

人間の魂は真実と表現の自由を必要とする（……）。

人間の魂は一方では孤独と親密さを、他方では社会生活を必要とする。

人間の魂は個人の属性、集団の属性を必要とする（……）。

人間の魂は懲罰と名誉を必要とする。

罪を犯し善の外側に置かれたあらゆる人間は、苦しみという方法を経て、善の中への復帰を許されねばならない。苦しみが課せられるとき、それが公正に課せられたのだということを、魂がいつかおのずから認めるように促すという目的にそったものとなる。この善への復帰の過程が懲罰である。あらゆる無実の人間、あるいは罪を償った人間は、おのれの名誉があらゆる他者の名誉と同等であると認められることを必要とする。

人間の魂は公益に資する共同の務めへの規律正しい参画を必要とし、その参画においては個人的な発意を必要とする。

魂は安全と危険(リスク)［を伴う自由］を必要とする（……）。

人間の魂はとりわけ、いくつかの自然な環境に根をもち、それらを通して世界とつながることを必要とする。

祖国、言語・文化や共通の歴史的過去によって定義される諸環境、職業、居住する場所、これらが自然の環境の例である。

結果として、人がもつ根を絶ってしまうもの、あるいは人が根をもつことを妨げるもの、これはみな罪となるものである。

ある場所で人間の必要とするものが充足していると認識できる基準は、友愛と喜び、美と幸福が開花しているかどうかである。内向、悲しみや醜さ、これがあるところでは癒すべき様々な欠乏がある。

このようにして、『根をもつこと』第一部各章では、原理を宣言するような同型の表現を手始めに、あの偉大な直観が変奏するように語られています——「平等は人間の魂の死活にかかわる欲求の一つである」「序列化は人間の魂の死活にかかわる欲求の一つである」「名誉は人間の魂の死活にかかわる欲求の一つである」等々。

けれども、私はあなたにヴェイユがたどった道についてもっと語りたいと思います。その道がこの世にあの偉大な文書を与えるように導いたのです。少し後ろに戻り、時間をさかのぼってみましょう。私たちは一九三七・三八年の変わり目にいます。この二年はシモーヌ・ヴェイユの人生において決定的な転回点となります。一連の予期していなかった——あるいは密かに待っていたかのような——出会いが彼女の内に、ある大きな変化をもたらし、その全存在が揺り動かされることになります。『神を待ちのぞむ』所収のペラン神父に宛てたある手紙の中で、彼女は自らその出会いを語っています。その言葉を聴いてみましょう。

工場で働いた年、私が教職に戻る前に、両親はポルトガルに連れて行ってくれました。そこで私は彼らから離れて、一人で小さな村に行ってみました。私は魂と身体がいわば砕かれたような思いを抱いていました。それはちょうどこの土地の守護聖人の祝日、満月の夜のことです。海辺で漁師の妻たちが行列をつくり、小舟の周りを一艘一艘めぐっています。ろうそくを持ち、心を引き裂くほどに悲しい、とても古い讃美歌を歌っています……すると私は突然、確信を得ました――キリスト教はとりわけ奴隷の宗教であり、奴隷たちはそれに入信せずにはいられない、そして私もそのような人たちの一人であると。一九三七年に、私はアッシジですばらしい二日間を過ごしました。そこで、サンタ・マリア・デッリ・アンジェリ教会に収められ、聖フランチェスコ〔イタリア中部のアッシジに生まれた聖人（1181/82-1226）。小鳥など小さな被造物にまで至る愛によって親しまれている〕もよく祈りをささげたという十二世紀のロマネスク様式の礼拝堂、清浄さ比類のない小さな礼拝堂に一人でいた時のことです。何か私より力あるものが、生まれて初めて私をひざまずかせました。一九三八年には、枝の主日〔復活祭直前の日曜日〕から復活祭の火曜日までの十日間、ソレム〔フランス北西部、ベネディクト会修道院の所在地として知られる〕で過ごし、すべての聖務日課に従いました。その時は激しい頭痛があり、一つひとつの音で頭を打たれるような痛みがありました。けれども極度に注意を集中することによって、このみじめな肉体から外に抜け出し、肉体は一人その隅で身をかがめて苦しむがままにさせ、自分は聖歌と典礼の言葉の未聞の美しさの中に、清らかで完璧な喜びを見出すことができました。この経験により、不幸を通して神の慈愛を愛する可能性を推し測り、より深く理解することができました。この祈りの間にキリストの受難という考えが決定的な実感を持って私の中に入ってきたことは言うまでもありません……そこに一人のイギリス青年がいて、形而上的と称されるあの十七世紀イギリスの詩人たちのことを教えてくれました。後でその詩人たちの作品を読んでいて、『愛』〔ジョージ・ハーバート（1593-1633）の詩 *Love* (III)〕と題された詩を見つけました……私は注意のすべてを傾け、魂の限りをつくして、その詩が秘める優しさに共鳴しながら朗唱することに努めました……キリストその人が降臨し、私を抱（いだ）いてくれたのは、そのように朗唱していたある時のことです。

この一節は核心的なもので、神を信じない一つの精神が激変し、「神」なるものを認識した瞬間を語っています。今日これを読んでみると、キリストとの出会いを通して一つの魂が歌っているのが本当に聞こえてくるようです。思考面で彼女に明らかになったことは、生の真実とは抽象的な想念にあるのではなく、その受肉の中にあること、各人の最高位の状態は理性により考える精神の領域ではなく、魂の領域にあるということです。魂だけが実際に〈存在〉の呼びかけに応えることができ、情熱と交感の関係において〈存在〉を把握することができるのです。

シモーヌ・ヴェイユは、魂とは何かをわざわざ明確にしようとはしませんでした。彼女にとって、魂とは各人の生まれつきのものゆえに自然な部分であり、あまりにも自然なので定義しようとはしないのです。しかしながら魂について充分に多く語っているので、彼女がその中に見抜いていた様々な側面がどのようなものであるかは分かります。そのために、前の方であなたに述べたように、『神を待ちのぞむ』に加えて、分厚い『カイエ・ド・マルセイユ』を読むことに没頭しました。その中には『重力と恩寵』には載っていない数多くの興味深い断章があります。それにしても、その何冊ものノートに関していえば、どうしても他の有名なカイエ、つまりポール・ヴァレリー〔フランスの詩人（1871-1945）、二十世紀前半を代表する知識人〕が私たちに残した『カイエ』を思い浮かべずにはいられません。これらの文書の二つの総体は、今日の私たちにとって、二十世紀の二つの驚くべき貢献として姿を現しています。日に日に辛抱強く記された考察に満ちたヴァレリーのカイエは、精神の働き、その標的と可能性の研究を目指したものです。一方、差し迫った死への予感で熱を帯び黒ずんでいるようなページのシモーヌ・ヴェイユのカイエは、魂の動き、その燃え上がる願いと最後の消尽に焦点を当てています。

精神と魂の違いに関して彼女がはっきりと述べていることは、人に内在する価値となっているものは精神よりも魂であるということです。彼女はこう書いています。「精神が原理でなくなる場合には目的でもなくなる。だから、あらゆる形の集団的『思想』と思慮分別や個々の魂への敬意を失うことの間には厳密な連関があるのだ。魂とはそれ自体で価値を持つものとしての人間である。」哲学者ヴェイユは精神を統御する知性と魂が由来する愛を区別しています。彼女にとって、「信仰とは知性が愛によって照らされているという経験のことである。真実を見るための私たちのうちの手段は知性である。神を見るための手段は愛である。」彼女はよりはっきりと次のように言っています。「知性は全面的な自由を必要とする。そこには神を否定するという自由も含まれる。したがって、宗教は愛と関わりはあるが、肯定や否定とは関連を持たない……超自然的な愛は肯定するという働きは持たないが、知性よりも豊かな実在の把握を可能にする（……）人がバッハやグレゴリオ聖歌のメロディーを聴くとき、完璧に美しいその音楽を把握するために、魂のすべての能力は黙し、その能力それぞれの流儀で緊張する。とりわけ知性――知性はもう何も肯定したり否定したりすべきものをそこに見出さない。知性はそこから栄養を摂るのだ。信仰もこの種の賛同であるべきではなかろうか？」

哲学者ヴェイユは魂の内側にそれを構成する様々な部分を認めます。このようにして彼女が識別するのは、「魂の浅い、あるいは表面的な領域」「魂の凡庸な部分」「魂の現世的な部分」、あるいは「魂の超自然的な部分」です。この最後のものは、この世ですでに「あちらの世界」に身を置く可能性を人に与えます。

シモーヌ・ヴェイユの総合的なヴィジョンの中には一つの始原的な概念があります。美の概念です。数学が証明するような物理法則の美。あらゆる形の芸術創造によって明かされる自然の美。ふるまいの美という形で表される魂の美。このうち究極のものはキリストのふるまいです。なぜならばそれは超えることができず、人類の心に十字架を打ち込むからです。

人間の魂が神に近づくためにする経験の中には、喜びと苦しみが等しく存在します。この両方をそのまま受け入れるべきです。二つとも真実に導く道であるからです。自らが苦しんでいた肉体的苦痛と他者に寄せていた憐みの情、当時世界中を闇に沈めていた人間を起源とする大災害に応じて、シモーヌ・ヴェイユは不幸と苦しみの問題を深く考察しました。苦しみは彼女の論文「神の愛と不幸」が示すように、神と人間に共有されたものです。彼女によると、始原からすでに〈創造〉は神の側におけるある形の苦しみを含むものでした。「神にとって、〈創造〉とは自己を拡張する行為ではなく、退避と断念の行為である……神はこの減退を受け入れ、自ら存在の一部を空(くう)にした。この神性の行為においてすでに自らを空にしたのである。それだから聖ヨハネは、

〈子羊〉は世界の創世時にすでに屠られたと言っているのだ。」

愛によって愛のために神は創造したのですから、自由は神が人間たちに与えねばならない不可欠な条件ですが、そこから人間が取りうるあらゆる逸脱が生じます。「私たちは神から最も遠くにいる存在、そのもとに戻ることが不可能ではない臨界点にいる存在である。私たちという存在において、神は引き裂かれている。私たちは神の磔刑であり、私たちに対する神の愛は受難である。どのようにして善は苦しむことなく悪を愛せようか？　そして悪の方も善を愛することで苦しむのだ。神と人との相互の愛は苦しみである。」それから哲学者ヴェイユは次のような提案を私たちに投げかけます。「喜びと苦しみは等しく貴重な恵みであり、一方も他方もすべて、それぞれをその純粋な状態で、混ぜ合わせようとはせずに味わなければならない。喜びによってこの世の美が私たちの魂に入り込む。苦しみによってそれは私たちの身体の中に入る……宇宙の音を神の言葉の震えとして聞くことを可能にするあの知覚が私たちの内で形成されるためには、苦しみの持つ変換の力と喜びのそれは等しく欠くことのできぬものだ。」十字架上のキリストのことを思い、彼女はさらにこう言っています。「神の慈悲が輝くのは、不幸そのものの中だ。慰めようのない神の悲嘆の中心、奥の奥においてである。愛し続けながら、『わが神よ、なぜ私を見捨てたもうたのですか？』という叫びを魂がもう抑えることができぬ地点にまで落ち、そこにとどまりながらなお愛することをやめないならば、もはや不幸でも喜びでもなく、核心となる不可欠で純粋な本質、感覚ではとらえきれぬが喜びにも苦しみにも共通であるもの、つまり神の愛そのものである何かに最後には触れることになるのだ。」

自らの内に身体と精神の所与を取り込み、その一部はすでに彼岸に足を置いているような魂こそが各人の究極の状態である――シモーヌ・ヴェイユはこのことを疑いませんでした。神にたどり着くことができるのは、魂のこの解放された部分です。偉大なる神秘主義者として、彼女は神が被造物に与え得るいかなる「はからい」も望みません。そのただ一つの願いは臨終のときに「無になる」ということでした。彼女のただ一つの決心とは神に抱かれることであり、天国のような主観的な足場を自らに一切禁じたからです。そしてこうつけ加えるのです。「神さま、私が無になることをお許しください」と彼女は祈りました。「私が無になるにつれ、神は私を通して自らを愛されます。」他のところでは、さらに明確に述べています。「私はいつでも未来の生を考えることを自らに禁じてきましたが、死の瞬間は生の常態であり目的であるといつも思っていました。正しく生きている人にとって、それは無限に小さく区切られた時間のあいだに、純粋で隠れたところなく、確実で永遠の真理が魂に入り込む時だと私は思ってきました。」そしてもう一度、彼女は十字架上のキリストの叫び、「わが神よ、なぜ私を見捨てたもうたのですか？」

に戻り――彼女がこれに言及するのは八度目くらいです――これは「神の栄光への完璧な賛辞」だと言います。つまりその時こそ、自分は完全に神に身をゆだねたと確信しているからです。彼女はもうそれ以上期待はしませんが、さらに起こりうることがあるならば、それは拒否しません。「もし神がさらに与えてくれるとしても、それは神自身の問題である。それは後になれば分かることだ。」

以上が今のところシモーヌ・ヴェイユについて、私があなたに言えることです。例外的な豊かさと深さを秘めた彼女の考えには、知っておくべき他の多くの側面があります。友情が至高の美徳だと考えるこの人物に対してあなたがご関心を寄せるようになるならば、私の目的は達成されたことになります。彼女を友達にしてみてください。きっと失望はされないはずです。真理は知の中よりも、存在そのものの中にあります。

忠実なる思いを込めて

F.C.

第七の手紙

親愛なる友へ

秋になりました。ちょうど、魂についてあなたに語るべきことも終わりに近づきました。けれども実際に、終わりがありうるのでしょうか？　魂が魂に語りかけるにつれ、共に響きあう国へと入ってゆき、その国は永遠なるものの支配下に置かれているのではないでしょうか？

私たちが初めて出合ったとき、「いったい何が起こったのだろう？」と狼狽したと私が書いたことを、あなたは覚えておられるでしょうか。言葉のこの最後の丘に立ち、あらためて私は自問してみます――起こったことは、いったい何を意味するのでしょうか？　なぜあなたは私が魂について語ることを望んだのでしょうか？　私は無謀にもあなたのご命令になぜ応えたのでしょうか？　なぜあなたであって、他のだれかにではないのでしょうか？　なぜこの時であって、他の時にではないのでしょうか？　最終的な自問ですが、抑えきれぬ必要性にしたがい、なぜ私たちという存在の秘密の地下道のような場を、このように手探りをしながら決然と渡ってきたのでしょうか？

私は真実の中にいるでしょうか？　私には答えられない質問です。自分がはっきりと見て取り、長い探求の生というふるいにかけられた事実がありますが、少なくとも私はそれらのできるだけ近くにとどまるように努めたつもりです。あなたはクローデルから「共に－生まれること」という表現を借りて、私たちが一緒に生きたばかりの体験を形容しています。私としては敢えてさらに遠くまで行き、それはきっと言葉の最も高尚な意味としての「愛」であると言いたいのです。一つの愛であり、それがなければ、私たちが取り組むものはみな表面的なものにとどまることでしょう。しかしながら、私たち二人という存在の最も奥深くにまで触れたこの手紙のやり取りにもかかわらず、あなたは依然として私には未知の女性であったということを認めましょう。それでも私は言います。「これでよいのだ」と。

幸運なめぐり合わせによって、ちょうど今、私は数年前に亡くなったバリトン歌手のディートリヒ・フィッシャー＝ディースカウ〔ドイツの声楽家(1925-2012)〕の歌を聴いています。私たちが出会う前にできたこのビニール盤レコードで、彼はベートーベンのある連作歌曲を歌っています。当時彼はその経歴の始まりにいて、生の躍動で若さに溢れ、それでも実に悲痛で刺すような熱情を湛えていました。あの約束に満ちた時代に私たちのものであった魂のみずみずしさを、再び見出すことはできるでしょうか？　歌曲のタイトルは「遥かなる最愛の女（ひと）へ」です。親愛なる友よ、私から来るもの――これまでの手紙、そして最後の告白としてそれに続くこの手紙――を同種の呼びかけとして受け取ってください。

最後に魂が残ります。各人において身体は衰えますし、精神は障害を持つかもしれません。そのまま残るものは、何かに還元はできず、始まりからずっとここに息づくこの実体、各人の単一性のしるしである実体です。おのれ自身の破壊欲動の部分にすっかり埋もれ打ちのめされていない限り、魂は生成する生の流れ――〈道〉――に結ばれています。なぜならば魂は生そのものの原理である始原の〈息吹〉に属するものだからです。オーム－魂（アーム）、魂－オーム。それにとりわけ、各人の単一性のしるしであることから、魂はその最良の部分によって、各人が当の生の流れにもたらし得るかけがえのない恵みとなり、その変化と変容の力に貢献することになるのです。

最後に魂が残ります。私は自分のものとしたパスカルの三つの次元のことを忘れてはいません。必要不可欠な三項、身体－精神－魂の中で、身体の基礎としての役割と精神の中心的な役割は充分に認めます。しかし個人の運命という観点からみると、あらためて申しますが首位となるのは魂です。それは各人の最も個人的、したがって最も貴重な部分、いわばその存在の至上の状態です。この状態から各人は宇宙の魂との交感に入ることができるのです。

欲望と記憶の腐植土である魂は私の眼には明証と神秘の混合であり、驚くほどシンプルなものでありながら、同時に身もすくむほど複雑なものです。このことは心理学と精神分析学の研究が明らかにしています。お分かりのように、私の意図はこの学問的な水準には位置していません。私は単により包括的な展望の輪郭を示し、私たちという存在の構成において魂が占める位置とそれが演じる役割を把握したいのです。そして今確認できるのは、魂の広大な地勢は境界が曖昧で限定することは不可能だということです。同様に、その深みは意識されるものであれ無意識のものであれ、多種多様な層からできていて、いかに精密なものでも私たち自身が開発するような測量器具の性能を超えています。しかしその魂の中には何かがつけた痕跡、筋や溝、何かが通った跡など一群のすべてが積もりたまっていて、それらはやはり私たちが使いこなしている測定器の試みに適用できるように見えます。測定器は脳や心臓に由来するもの、また性や臓器から生じるものを記録し、ある程度は見える状態にまでします。すると、魂は他のやり方で開拓されることを待つ未開拓の鉱脈が集まる巨大なたまり場であることが分かります。「この世は魂たちが成長する谷である」（キーツ〔イギリスのロマン派詩人（1795-1821）〕）ならば、それぞれの魂それ自体一つの谷であり、そこでは実際に体験した生から、命あるものがさらに成長し、変貌し続けるのです。

結局のところ私が理解したのは次のことです。真実の生とはただ単に寿命として与えられたものではなく、生の欲望そのものの中、生へ向けての躍動そのものの中にあります。この欲望と躍動は宇宙の初めの日にすでに存在していました。しかし各人のレベルにおいて、欲望と躍動は個々の魂の――様々な試練や苦しみ、悲しみ、恐れ、受けた傷や他者に与えてしまった傷に加えて――抱いた感覚や感動、自己を超える何かへの倦むことのない憧れ、限りなき愛と優しさの欲求と同様に果てしない渇きや空腹、そのような体験をみな蓄えたものに基づいています。

このような手紙の性質上繰り返しは多少なりとも避けることができませんが、あなたのご寛恕を願いながら、すでに述べたいくつかの考えを、さらにもう一歩進みながら、より包括的に説明してみたいと思います。

まず、〈大いなる全〉があり、それぞれの微小な魂があります。始まりからずっと、すべてが各々唯一の魂によって体験されます。あらゆる形の〈悪〉の存在によって引き起こされる不幸にもかかわらず、巨大な贈与がありました。星空全体、糧をもたらす大地の全体、夜明けと夕方の光輝のすべて、春と秋の栄華のすべて、渡り鳥の飛翔に運ばれ宇宙を動かす〈息吹〉のすべて、涙の谷から立ち昇る人間のあらゆる高貴な歌――これらすべてが、永遠が縮こまり隠れている「今、ここで」を形作っています。この「今、ここで」が輝き、発散し、花開かせ実を結び、反響と共鳴を引き起こし、それによって十全な意味を持つことができるのは魂によって体験されてこそです。このようにして、広大な生の体験はここに、つまり決して漠然として無個性ではありえず、中身がからっぽの実体ではないこの魂の総体の中に積もりたまるのです。それどころか、おのれの内に身体と精神の精髄を取り込み、この世の生活の悲劇的な条件を引き受けた魂は、著しく受肉し欲望を抱えた実体となり、したがって別の新しい生の秩序にふさわしい存在となっているのです。

　これは中国の道（タオ）の大いなる直観につながるものです。今「中国の」と申しましたが、それはこの直観が道教信奉者だけではなく、儒教信奉者や後には仏教信者にも取り入れられたからです。また、「中国の」とは申しましたが、キリストが〈道〉の中に受肉したことを指摘せずにはいられません。なにしろ彼は「私は道（ヴオワ）であり、真理（ヴエリテ）であり、命（ヴイー）である」〔「ヨハネによる福音書」一四章六節〕と言っているのですから。〈道〉の歩みは一次元的で、単なる高速道路に似て平らで真っすぐなのでしょうか？　東洋の考えでもキリスト教の考えでも、そのような単純すぎる見方はしません。両者とも異なる次元（オルドル）＝秩序を区別する必要性を認めています。パスカルによって定義された三つの次元＝秩序とは別に、道教の始祖である老子が述べた三つの区分を再び取り上げるべきでしょうか――「人は地より生じ、地は天より生じ、天は道（タオ）より生じ、道はそれ自身より生じる」（『道徳経』第二五章）〔一〇七頁の割注を参照〕。この主張が私たちにとって意味することは、〈生〉の冒険は様々な行程を持つが、同じく様々な階層を含むということです。ですから様々な次元＝秩序があり、同じ数の存在の状態を構成しているのです。この様々な次元＝秩序が非常に緊密で死活にかかわる絆を維持する一方で、一つの次元＝秩序から別の次元＝秩序に垂直の上昇が行われます。このような上昇の動きは〈道〉の法そのものであり、〈道〉の歩みは開くことと超えること、変化と変容の必要性によって導かれています。とりわけ道教の思想は、上から繰り返しものごとをとらえることをやめない〈一（いち）〉の変化を与える役割を――他方でマイスター・エックハルト〔一三四頁の割注参照〕がそうしているように――強調しています。〈一〉から〈多〉が流出し、〈一〉は〈多〉を引き受けます〔「道は一を生じ、一は二を生じ、二は三を生じ、三は万物を生ず」、ちくま学芸文庫、福永光司訳『老子』第四二章より〕。行けば必ず回帰があり、散ればまた必ず統合されます。〈一〉とはここでは始まりの〈息吹〉を指し、神の〈霊〉と同一であるとされ、その霊に各人の魂の調和のとれた生成も依存していると指摘しておきましょう。このようにして老子は、〈一〉につかまることにより〈天〉はその最も明るい状態に達し、〈地〉は最も安定した状態に達すると明言し、他方では〈一〉を抱きしめることによって各人の魂の二つの部分は分かれ、しかも一緒にとどまるのだと言っています。実際に道教の考えによると、各人の死後にその「肉体的魂」である魄（ポオ）は地に戻り、その霊的な魂である魂（フエン）は天に達します。首位権は霊的な魂に与えられています。「死んでも滅びない」ことを保障するのはこの霊的な魂です。なぜならばそれは〈天〉に属するものであり、〈天〉には〈地〉から来たものを引き受ける力があるからです。

魂とは各人の単一性のしるし以上のものであることが分かりました。分割はできず、何かに還元することもできず、それは最終的に件の存在の根本的な統一性を保証します。実際に、自分の魂の呼吸と希求に基づいてこそ、私たち一人ひとりは〈道〉の開かれたヴィジョンを享受し、個々の運命はそこに解決の道を見出します。私たちの真の自由の条件は実にそこにあります。

自由というものは、どのような超越性という観念によっても必ずや弱められ、踏みにじられるものと信じ込んでいる人たちがいます。自己の尊厳を個人の自律性に置いている人たちです。彼らにとって、自律性の上にあるものや、それを超えるものがあってはならないのです！　その見解によると宇宙は物質にすぎず、その存在を自ら知ることはありません。彼らの中には偉大なる精神の持ち主もいますが、そのような人たちに向かって私が抱く感嘆の念を込めて、こう応じてみましょう。「そうしますと、この途方もない宇宙の出現というのは自ら何も知ることなく起こり、始まりから今まで何十億年も続いたということでしょうか？　ここにいるあなたは、そのちっぽけな生涯の間――宇宙の尺度では数瞬時と言ってもよい間――見て知ったわけですが、それなのに消えていく前に、『なにもないよ』などと敢えて宣言するのですか！　それならばどうして、あんなに無知で生気のない塵が、あなたのように立派な存在を生み出すことができたのですか？　他でもないご自分の起源などを単なる分析の対象に選んで、尊大に論じたりしているあなたを。自己満足はなはだしく、論理の極限まで進むことを拒否するその閉じた理性には、なにか欠陥があるように思います。真の超越性は私たちの運命をより大きな運命に結びつけ、私たちの価値や長所を小さくするどころか、私たちを大きくしてくれます。真の超越性は〈開かれたもの〉なのです。」

　最後には各人に魂が残ります。肉体の死は生そのものの原理によって課された法則の一部です。死は生が一新されて形を変え、存在の別の次元＝秩序に到達することを可能にします。「われらの妹、肉体の死よ」と聖フランチェスコ〔一三九頁の割注参照〕は言いましたが、肉体の死は回避することができません。死とは引き離されることであり、つらいものです。けれども生の〈息吹〉の歩みは死の無限の彼方にあります。それはいつまでも〈道〉を続けることでしょう。中国の思想家たちが作った格言「生生不息」――生は生を産み終わりはない――のとおりです。全宇宙で永劫の昔から、ただ一つの冒険、〈生〉の冒険しかありません。私たちはその一部を成しています。〈道〉が本当に開かれた受肉を続けるためには、今までに生きて真の〈生〉を渇仰するすべての魂があっても、おそらくは足りないことでしょう。

オームー魂（アーム）、魂ーオーム
かく　あれかし

フランソワ

死と生、そして魂――「解説」にかえて

内山憲一

本書は水声社より既刊の『死と生についての五つの瞑想』の続編である。

著者のフランソワ・チェンについては同書のあとがきで述べたが、本書で初めてチェンを読まれる読者のために、その後に分かったことをつけ加えて、あらためてこの稀有な詩人の歩みと作品について語ってみたい。

中国出身でフランスに帰化し、苦労の末に獲得した言語で執筆した処女小説『ティエンイの物語』でフランスの文学賞の中でもゴンクール賞に次いで著名な賞のうちの一つフェミナ賞を一九九八年に受賞、二〇〇二年にはフランス学士院を構成する五つのアカデミーの中でも四百年近くの伝統を誇り、終身制である四十名の会員は「不滅の人」と称えられるアカデミー・フランセー

ズに、アジア系初の会員として迎え入れられるなど、現代フランスの詩人・作家として揺るぎない評価を得ている人物であることは前作のあとがきで述べた。作品の邦訳としては、みすず書房から刊行されている二つの小説『ティエンイの物語』『さまよう魂がめぐりあうとき』（いずれも辻由美訳）があり、そこに水声社から刊行の二作がつけ加わったわけである。

既刊の小説二作に対して、私が手がけた二作のジャンルはどう言ったらよいのだろうか、訳者としても少し迷ってしまう。前作『死と生についての五つの瞑想』のうち最後の瞑想はすべて、「変容した言葉」である詩という形で語られている。特に本書の方は部分的には小説のように読むこともできるだろう。一方はそれほど大人数ではない知己を中心とした連続講話をまとめたもの、他方は書簡体の作品である。結局二作とも、中国思想と西洋思想の交差するところに立つチェンの深い思索が、なによりも詩人であることを自認する人の美しい言葉で綴られている哲学的エッセーといったところだろうか。前作においては、詩の分野でもいくつかの受賞歴のあるチェン自身の詩、フランスに限らずリルケ等の西洋の詩や哲学者たちの言葉、そしてチェンの祖国からは老荘思想や杜甫、王維などの引用がちりばめられ、深い精神性をたたえた作品となっている。本書においてもチェン自身の多くの詩や哲学者たちの言葉を味わうことができる。主にマドレーヌ・ベルトーによる研究書『フランソワ・チェンを読む』（Madeleine Bertaud, *Lire François Cheng: poète français, poète de l'être*, Hermann, 2017）、及び邦訳『さまよう魂がめぐりあうとき』

所収の「ディアローグ（対話）」と訳者辻氏によるインタビュー等に拠って、先ず詩人の経歴を紹介してみたい。

フランソワ・チェンとはだれか

フランソワ・チェンは一九二九年、中国の江西省に生まれた。中国名は程紀賢（Cheng Chi-hsien）である。明らかに知識人の家系を思わせるような特別な響きを持つ名前であるという。王朝時代には文官階級であった家系にあって、両親ともに当時はきわめて少数の者にしか与えられなかったアメリカ留学体験を持っている。しかし激動の時代である。チェンは日中戦争の戦火を逃れて移り住んだ四川省で少年時代の大半を過ごした。十五歳のときにキーツやシェリーなどイギリスロマン派の詩によって西洋文学に開眼し、次いでフランスやロシアの文学にも親しんでいく。フランス文学では十九世紀の大作家たち、ユゴー、スタンダール、バルザック、フローベール、ゾラ等の翻訳を読み、さらに二十世紀の巨匠、アンドレ・ジッド『地の糧』の清新な感覚描写、ロマン・ロラン『ジャン・クリストフ』のヒューマニズムに熱中したという。

金陵大学（現在の南京大学）で英語を専攻し学び始めるが、第二次世界大戦終結後の混乱の中、予期せぬ形でヨーロッパ留学の道が開かれた。再開した国共内戦の渦中、十九歳のチェンは一九四八年にフランスに渡ることになるが、「ディアローグ」によると、渡仏時には「フランス語をひとことも知らなかった」という。そんなことがあるものだろうかと不審に思ったが、現在九十歳を前にして存命のチェンを個人的にも知っているベルトーの本でようやく疑問が解けた。内戦に明け暮れる体制に反対する学生たちのデモに参加して逮捕された息子の身を案じ、当時設立されてまもないユネスコで勤務していた父親が帰国し、チェンを苦境から救うためにパリに引き連れていったというのである。それに少し遅れて、彼の母親と兄弟たちも合流することとなった。したがってベルトーによると、彼は祖国を離れることを自ら決めたわけではなく、それに進んで同意したわけでもない。本人はもう祖国に戻ることはない（作家として有名になった後の一時的な滞在を除いて）とは思っていなかったそうである。ユネスコの奨学金を得て、チェンは美術学校で学び始める。

パリからイギリスに渡り学ぶ選択肢もあったそうであるが、彼はあまりためらうことなく、言葉も知らないフランスを直観的に選んだ。「ディアローグ」の中で彼は、後になって考えてみた深い理由を挙げている。それは単に親しんでいた文学などの芸術創造に関する魅力だけではなく、フランスは地理的にも西欧の中心を占めているという意識であり、その地はあらゆる方向からやって来る影響のもとで、相補うものも矛盾するものも抱え込んだ「るつぼ」のようになっているという直観、そのような場からこそ普遍性の理想を追求する欲求が生まれるのだという予感である。

このようにして始まったパリでの生活は一人孤独なものではなく、金銭的な問題とも無縁なものと思えた。これが急変するのは一九四九年十月の中華人民共和国成立の後である。父親のユネスコでの任務は終了したが、祖国では毛沢東が率いる共産党のもとで知識人や芸術家が迫害されるような状況になりつつあった。両親は帰国することを拒否し、家族でアメリカ合衆国に亡命することとなる。父親は当地で教授のポストを得ている。子供たちの教育の機会も保証されるが、チェンだけが決然とフランスに残ることを選んだ。二十歳になったばかりの青年を待ち受けていたのは生活の困窮である。奨学金の延長は認められなかった。これはフランス国内の滞在許可証更新の合法性の根拠を失うことに等しい。生活費を得るためには肉体労働をせざるを得ず、虚弱な体質であると自認しているチェンにとって厳しい状況となった。

とにかく二十歳前後という言語習得にとっては比較的遅い時期にフランス語の中に入り込んだわけであるから、まずは言語の問題があった。「ディアローグ」の冒頭でチェンは、フランスに来てから少なくとも二十年間はこの「縁組した言語」を手なずけるための矛盾や分裂に満ちた激しい格闘であったと述べている。言語は単なる通信の手段ではなく、私たちの意識や情動をまるごと抱え込むものである。本当に言語を学ぶということは単に文法の規則やボキャブラリーを暗記することではなく、感じたり、知覚したり、推論したり、誓ったり、祈ったり、つまりはまさに存在することの様態を自らの内に取り込むことであると彼は述べている。「ディアローグ」の副タイトル「フランス語への情熱」が示しているように、フランスを選んだチェンはこの作業を情熱を込めておこなった。いつかはフランス語で書く詩人になるという夢を抱いていたからである。母語で詩作をしていた青年はその後、十九世紀のユゴーから同時代のアンリ・ミショー、ルネ・シャールに至る詩の中国語訳にも取り組み始める。その成果は台湾と香港で出版されて反響を呼び、後には祖国でも出版されることとなった。

研究者としての活路が開かれたのは一九五〇年代の終わりごろ、コレージュ・ド・フランス〔十六世紀に創設された高等専門教育機関。講義はその分野を代表する学者により行われ、だれでも聴講できる〕での講義である。聴講生として出席していた学位も免状も持たない無名の中国青年は、クラスでの発言がきっかけで講義を担当していた中国学の泰斗、ポール・ドゥミエヴィルに認められる。このドゥミエヴィルから、研究所創設のために中国人の協力者を探していた哲学者ガストン・ベルジェに紹介され、交通事故で不慮の死を遂げた彼の葬儀で出会った第三の男アレクシ・リガロフが指揮する中国言語学研究所で中国の詩に関する研究に取り組むことになる。まるで見えざる大きな手が仕組んだリレーのようだ。さらに、唐の詩人張若虚の作品を分析する研究を通して当時隆盛を極めていた構造主義の旗手たち、ジュリア・クリステヴァやロラン・バルトらとも交わることとなり、中国思想に関心を抱いていた精神分析学者のジャック・ラカンとは特に持続的で緊密な対話の機会を持った。研究者としてのチェンは七〇年代後半に、『中国の詩的エクリチュール』（一九七七年）『空と充――中国の絵画的言語』（一九七九年）の二冊を大手出版のスイユ社から刊行している。

研究論文の言葉ではなく文学の創作の言葉としてフランス語で書くことが多くなっていったのは五十歳を超えた一九八〇年代であり、その八〇年代の終わりころに小説というジャンルに心を向けるが、当初彼は母語での執筆を考えたという。しかし結局はすでに日常の言語として「目覚めているときも夢を見ているときも欠けることのない」ものとなっていたフランス語での執筆に乗り出したのである。

フランソワ・チェンの詩学

その処女小説『ティエンイの物語』でフェミナ賞を受賞することになるチェンであるが、本人はまず詩人であることを自認している。詩人は言語を彫琢しなければならない。散文家には足りる素材はそのままでは「ものの本質」「おのれの本質」をすくい取ろうとする者には充分ではないかもしれない。その点で、フランス語を選んだ詩人は言語と格闘し、苦しみながらも、まるで世界の夜明けに立ち会い、言葉を再創造するかのような喜びを味わうこともあったのではないだろうか。彼の言葉によると、「年老いた乳母」である母語は「弱音化されて」残っている。一つひとつの字が独立した単位をなす表意文字の中で育ったチェンは、言葉の響きや形状に豊かな感受性を持ち、あるアルファベットや単語を表意文字であるかのように知覚してしまう。例えばアルファベットでは、Eは梯子(エシエル)、Mは家(メゾン)、Sは蛇(セルパン)、Vは谷(ヴァレ)……これらは音声表記の文字で形を表している。単語のレベルでは、チェンの読者にとっては有名な逸話となっているéchancrure（エシャンクリュール）の例を敢えて外し、ベルトーは他の例を挙げているが、「ディアローグ」に記されたエシャンクリュールの逸話をまず挙げておこう。

フランスに来て間もないころ、語学学校で学んでいたチェンはéchancrureという単語に出会った。辞書で調べると「(海岸などが侵食されて）半円形に切り込まれたようになっている部分」という意味しか見つからない。腑に落ちないチェンが若い女性講師に訊ねてみると、「ああ、エシャンクリュール！　これです……」と、彼女は自分の胸元を指さし、隠れていた肌を露出させながらドレスの襟の切れ込み部分をなぞってみせた。以来、青年にとってそれは官能的含意を秘める語になった次第である。彼にとってECHANは開かれて姿を現し、魅了するもの、CRUREは魅惑する謎を隠すために収縮するものとなった。

これに対して、ベルトーが挙げている単語はsource（泉）である。

泉(スールス)、この音がまさに地面から湧き出て(スールル)流れるあの液体だ。どんなにでこぼこな土地(ソル)でも縁取りながら寄り添う。絶えずかすかにつぶやきあい、こだまで答え合う。

これは実は行分けされた詩の前書きとなる説明文であるが、日本語との構造上の違いからルビを振れなかった部分も含めてス音（-S, -CE）が響き合い、充分に散文詩と言えるものになっている。ベルトーはこれを、フランス語を母国語とする者には書けないたぐいの文章であるような気がすると述べているが、それは誇張しすぎであろう。しかし確かに、チェンの鋭敏な言語感覚が現れている一文である。

ともかく、二十歳近くになってフランス語を学び始め、それを手なずけ、詩が要求する文体を獲得したチェンが乗り越えた困難さは想像に余りある。母国語ではないフランス語で書き始めて大家となった例としては、アイルランド出身のサミュエル・ベケット、奇しくもチェンと同年一九二九生まれでチェコスロバキア出身のミラン・クンデラが挙げられるが、印欧語族に属する言語を母国語とする両者とチェンとを同列に比較することはできない。中国出身者としては、フランスに亡命・帰化後ほどなく、二〇〇〇年にノーベル文学賞を受賞した高行健がいるが、執筆言語は母国語であった。同じくノーベル文学賞で話題になったカズオ・イシグロも渡英したのは五歳時であることを考えると、チェンのケースがいかに稀であるかが分かる。

詩人の私生活について一点つけ加えると、一九六三年の結婚が挙げられる。ベルトーの本には再婚である由、それから相手の名前まで記されていて少し驚かされる。彼女の本はいわゆる伝記ではなく、研究書の最初の章がチェンの経歴に関わる記述になっているだけであるが、個人的にも知己である当人が明かしたことのみ、また詩であれ小説であれ作品の理解に必要と思われることだけを書くという方針であることを明記している。また、フランスをはじめとして西欧諸国が抱える移民・難民問題、受け入れ後の同化の問題があることに触れ、それがなかったら恐らく詩人の経歴の章は書かなかったであろうと述べている。フランス文化の殿堂であるアカデミー・フランセーズにまで迎え入れられたチェンのような例を挙げることには意味があるというのである。

したがって当然、最初の結婚については触れられてはいない。それならば、なぜ再婚が言及されているのか。再婚の相手はフランス中部、トゥーレーヌ地方出身のフランス人でカトリックであると記されている。これは確かにチェンの歩みにおいては重要な要素である。しかし彼はこの女性との結婚後すぐにではなく、一九六九年になって洗礼を受けている。受洗するまでのこの六年間は、信仰を持つ妻を傍らにしたチェンのフランスとの、そして西欧との「対話」が充分に熟するまでの時間を意味しているのだろう。

二〇〇三年、チェンのアカデミー・フランセーズ入会記念演説に対するピエール＝ジャン・レミの返答演説〔François Cheng Biographie という見出しで、インターネット上で公開されている〕においては、受洗はカトリックの教会でなされたと述べられている。しかしチェンの宗旨「カトリック」は実はあまり重要ではない。演説の中でレミは詩人にこう呼びかけている。「けれども、あなたは単にキリスト者であると形容されることを好んでいます。ご自分の愛着をキリストの姿に集中しているからです。」聖書、特にヨハネによる福音書に養われたというその受洗は、いわゆる「回心」ではなく、中国で生まれ育った者として身に着けていた道教の世界観を補完するものとしてキリストの教えを受け入れたのだ、とベルトーも述べている――「（チェン）が与したのは、時に不適切に言われるようにカトリシスムではなく、彼が〈キリストの道〉と呼ぶものである。」詩人自身の言葉を聴いてみよう。

彼〔キリスト〕によって死はもはや単に生の絶対性の証拠ではなく、愛の絶対性の証拠となります。彼によって死は性質と次元を変えます。死は変容の限りない息吹が通ってくる入口となるのです。

そう、彼によって死は真の誕生へと変わったのです。それは私たちの地球の上で、人類の歴史の決定的な瞬間において起こりました。何人（なんぴと）もこれほど遠くまで行ったことはありません。各人の信条がいかなるものであれ、このキリストの行為を、私たちの意識を動転させるに至った最も大いなるものの一つと認めることができます。

（『死と生についての五つの瞑想』）

カトリシスムでもキリスト教でもなく、「キリストの道」、この言葉は『死と生についての五つの瞑想』の中では、すべて詩という「変容した言葉」で語られる第五の瞑想に現れる――「キリストの道は開かれたままだ」。また『魂について』において、それは哲学者シモーヌ・ヴェイユがたどった道であると評される。同書「第六の手紙」全体が、キリストの啓示を受けながら教会の敷居に踏みとどまり、終生洗礼を受けることがなかったこの女性哲学者の「魂への歩み」を語っている。つまりこの「道」は単にキリスト教の枠にはとどまらない。『魂について』末尾近くで、チェンがキリストを道教の道（タオ）に重ねていることからもそれは分かる。「私はキリストが『道』の中に受肉したことを指摘せずにはいられません。なにしろ彼は『私は道であり、真理であり、命である』〔「ヨハネによる福音書」一四章六節〕と言っているのですから。」

アッシジのフランソワ

「フランソワ」は一九七一年にチェンがフランスに帰化した際に、戸籍上の名前として選び取ったものである。ちなみにベルトーによると、再婚後すぐにフランス国籍を申請しなかったが、それは祖国で暮らした時間と釣り合うだけの時間をフランスで過ごすまで申請を控えたからであるという。この名前の選択の一つの理由は、それが「フランス」と同根であり、「フランソワ」の中に「フランセ（フランス人）」の響きがあるということである。しかし、その決定的な契機はその十年前、一九六一年にさかのぼる。「自分は何者なのか、これからどうなるのだろうか」と、「実存的な苦悩」に悩んでいたその年の夏に、あるグループの一員としてのローマとアッシジを訪れる機会を与えられたのである。陰鬱なパリから一時的にでも逃避できることはありがたかった。イタリア中部のアッシジといえば、小鳥など小さな被造物にまで至る愛によって親しまれている聖フランチェスコの町として有名である。チェンはその名前は知っていたが、聖人の生涯の詳細については知らなかった。ところが駅を出て、丘の中腹にあるその街並みを見た時、彼はある啓示を受ける。

その場に立ち止まり、私は突然の予感に打たれた。この旅は単なる観光ではなく、自分の生涯において決定的な契機になるだろうと。心の内で思わず叫んでしまった。「ああ、この場所だ、これが私の場所だ！　ここでこそ流謫の旅は終わりになるのだ！」

（『アッシジ　思いがけぬ出会い』〔Albin Michel, 2014〕）

グループが帰還する日に一人とどまることを決意した彼は、聖人ゆかりの場所にたたずみ、「隠者の肉体的な不在こそが、その場その場に染み込んでいる彼の真の存在を訪れる者に感じさせる」ことを実感する。それから五十年余を経て思索を深めたチェンは、死が近づく最後の日々に聖フランチェスコが「見た」だろうことを次のように記している。

〔彼が見て、称えたものは〕星がまたたく天空の光輝と実り豊かな地の壮麗さとを合わせた「創造」そのものでなくて何であろう？　この「創造」がある日、「無」から「すべて」を生じさせたのだ。感謝をささげるしかない全面的な贈与、この出現のプロセスすべてが展開するのを、称えながら彼は目にする。奇跡のように「存在」があること、そしてこの第一の真実のおかげで、まさに同じく、微小なるものである自分がいるという事実を彼は認める。称えながら彼は一心不乱に無限の中に、「開かれたもの」の中に飛び込む。彼は生成する巨大な冒険に自分も関わっていることを、つまり試練も情熱も苦しみも喜びも、深淵に向かう疾走も超越性に向かう飛翔も、すべてを抱え持つ「生」の冒険に関わる者であることを知るのだ。

（『アッシジ　思いがけぬ出会い』）

チェンの作品を要約しようとするならば、その散文詩のような味わいが減じてしまうことは避けられないが、仮に『死と生についての五つの瞑想』を不十分ながらも要約しようと試みるならば、アッシジの聖フランチェスコが到達した精神性を語るこの引用に近いものとなるかもしれない。フランソワ・チェンはこのフランチェスコにあたるフランスの名前を選び取ったのである。

『老子』の抱一

先にチェンの経歴を語るにあたって、祖国で生まれた時の名前は程紀賢であると述べたが、実は母語で書いたものを発表するときに、彼は長らく「程抱一」をペンネームとして用いていた。『死と生についての五つの瞑想』にはチェン自身の詩をはじめとして、他の数々の詩人や哲学者などからの引用が散りばめられているが、特に重要なものはリルケ、そしてチェンがこのドイツ語詩人の世界観との共通性を認める老子からの引用である。そこで『老子』を通読してみたところ、「抱一」という言葉があることに気づいた。第一〇章、第二二章である。岩波文庫の蜂屋邦夫訳『老子』より第一〇章の問題の箇所を抜き出し、その注によって説明を加えてみたい。

載営魄抱一、能無離乎。〔営魄を載せ抱一(ほういつ)させ、能(よ)く離すこと無からん乎(か)。〕

（〔訳〕心と身体をしっかり持って合一させ、分離させないままでいられるか。）

「営」には身体を気血がめぐる道の意味があり、「営養（栄養）」の営でもある。つまり「営」は身体の奥深くで生命活動を行っているものであるから、「営魄」とは「魂魄（こんぱく）」のことになる。「抱一」は「合一」の意味であるから、蜂屋氏によると「載営魄抱一」とは「営（霊魂つまり心）」と魄（身体）をしっかり持って合一させるの意で、心身の統一を指すものだという。

ここで霊魂と心は同じものかという問題は別にして、魄＝身体というのは、簡略化しすぎた式であるように見える。辞書『新漢語林』によると「鬼」が「たましい」を表し、「白」は空白でなにもないことを意味する。つまり「魄」とは、それがなくなると肉体の形だけになってしまう何かだということだ。だから「魄」は「中身を落とした輪郭・かたち」の意味も表すという。それこそが「身体」だととらえることは可能だろう。

一方、辞書『大辞泉』によると「魂魄」の「魂」は人の精神をつかさどる気であり、「魄」は人の肉体をつかさどる気を意味する。これはチェンが老子の思想を踏まえて述べていることと一致する。「(たましい)は二つの相補的な部分から成り立つ。理性をつかさどる陽の「魂」と感性をつかさどる陰の「魄」である。人が亡くなると陽の魂は天にたどり着き、陰の魄は地に戻る(『死と生についての五つの瞑想』)。」中国のオンライン百科事典『百度百科』には、チェンが母国語で書くときに用いたペンネーム「抱一」はまさに『老子（道徳経）』の第一〇章から採ったものであると記載されている。

ともかく、近代以降の西洋においては「魂」は等閑視あるいは無視され、精神－身体のペアが圧倒的優勢を誇っている。これに対して、チェンは人間の中に「魂」という審級を認める。この魂と精神は補完的あるいは弁証法的な関係にあり、精神の役割は「中心的」であるが、魂のそれは「根本的」である。また生という「冒険」のあいだに人は渇きや飢え、苦しみや喜びを抱え込むが、それらすべてのものは身体や精神を通して「魂」に吸収されるという。一人ひとりの単一性を表す「通奏低音」であるこの魂とは何か。これが西洋文学に開眼し自分も詩人になるのだと決意した十五歳の時以来、休まず書いて思索してきたチェンの遺言の趣のある『魂について――ある女性への七通の手紙』の主題である。

『魂について』の「手紙」という形式

二〇一六年十一月に出た『魂について』は書簡体の作品で、宛先の「ある女性」は文面からいうとチェンより年下ではあるが、おそらく高齢と言ってもよい芸術家である。また、なんらかの理由で一時期辛い年月を経験している人であることが、手紙のやり取りから分かってくる。

思いがけぬ相手から最初の手紙を受け取ったとき、チェンは（書き手の「私」は手紙の末尾に「フランソワ・チェン」を表すF．C．と署名している）すぐさま、感極まった「叫び」のように答えた。ところが、それに対する女性からの二通目の手紙はまだ詩人の目の前に置かれている。彼女からの「奇妙な命令」に対してのとまどいから、まだ返信ができないのだ。作品の書き出しの「第一の手紙」とは実は彼からの二通目の手紙である。この時差を生んだ奇妙な願いとは、「魂のことを私に語ってください」というものだ。「魂」を論ずるとは、まわりの者からはいかにも時代遅れのことと見られないだろうか。詩作品の中では、頻繁にではないがその語は用いている。しかし、詩の言葉と説明や分析の言葉とは別のものだ。このようにためらうのであるが、実は半世紀以上に渡る思索の結実として「死」や「魂」のことを語らねばならないとは思っていた。ただ詩人はその時まで、未だ機は熟していないと思っていたのではないか、とベルトーは指摘している。まず魂という得体の知れないものを語る困難さがある。

欲望と記憶の腐植土である魂は、私の眼には明証と神秘の混合であり、驚くほどシンプルなものでありながら、同時に身もすくむほど複雑なものです。

（第七の手紙）

しかし、旧知の友の願いを機に、彼は敢えて逆風に立ち向かうことを決意する。この「逆風」とは何か？　フランスという国、世界で最も寛容で自由であると見なされている地において、なにか知的「恐怖政治」のようなものがはびこっているというのである。それはいわゆる知識人たちの「冷笑」によって視覚化されているものだ。彼らは精神の名において、しかも最も狭い意味での精神の名において、それより劣っていて蒙昧に導くとされている「魂」という観念を消し去ろうとしている。それは彼らが満足している身体－精神という二元論を乱されたくはないからだ。閉じた二元論的思考を「他者」との対話の中に開くことによって西洋には得るものがある――手紙を通してチェンは読者にこのように呼びかけている。

私は今「読者」という語を用いたが、これはチェンのあくまでも「作品」であるからだ。相手の女性からの手紙は引用として断片的に現れるだけである。そのアイデンティティは明かされないままだ。名前さえも分からない。ただ、この女性は単なる友人以上の存在であることは分かるように記述されている。第一の手紙で喚起された二人の偶然の出会いの場面において、若きチェンは女性の美しさに戸惑いを覚えている。Ｆ．Ｃ．のイニシャルで締めくくられる六通目までの手紙に対して、最後の手紙は文通相手との親密さの高まりを明示する「フランソワ」のみの署名となる。手紙冒頭の呼びかけの言葉にもそれははっきりと表れている。この最後の手紙のみ「わが親愛なる友へ」（強調引用者）と、所有形容詞が冠されているのである。呼びかけに続く部分、魂についての総括が始まる直前の前置きの文面に、チェンになじみの読者は少々驚かされるかもしれない。

ちょうど今、私は数年前に亡くなったバリトン歌手のディートリヒ・フィッシャー＝ディースカウの歌を聴いています。私たちが出会う前にできたこのビニール盤レコードで、彼はベートーベンのある連作歌曲を歌っています。当時彼はその経歴の始まりにいて、生の躍動で若さに溢れ、それでも実に悲痛で刺すような熱情を湛えていました。あの約束に満ちた時代に私たちのものであった魂のみずみずしさを、再び見出すことはできるでしょうか？　歌曲のタイトルは「遥かなる最愛の女(ひと)へ」です。親愛なる友よ、私から来るもの――これまでの手紙、そして最後の告白としてそれに続くこの手紙――を同種の呼びかけとして受け取ってください。

一方、「魂」についての哲学的・宗教学的な瞑想の合間には、若き日々の思い出を語る美しい散文詩のような、あるいは含蓄ある寓話のようなエピソードも散見される。それは瞑想の結実を正しく理解してもらうために必要な迂回である。中国の奥地にいた時の戦火からの逃避行、思春期の旅、西域の砂漠と渇きの果ての旅。それらの冒険は数十年を経て異国で手なずけた言葉による簡潔で印象的な詩に結実することになる。

渇きのはてに
ひとくちの水

死はおしなべて生である
砂漠でありオアシスである
(第五の手紙)

それから、困窮と欠乏の日々、観念的にしか理解していなかった真実――「生と生でないものとを分けるものはタバコの巻紙と同じくらいに薄い」ことを身に染みて知ることになるパリの路上での昏倒体験。七通の手紙の語りの幅と厚みは、まさに「文学作品」のものだ。

ともかく、手紙という形式には特に注意を払う必要があるだろう。七通の手紙、その一通ごとに詩人は立ち止まり、問いかけに答え、自らの考えを述べていく。一歩一歩進んでいく瞑想のリズムである。「魂」の問題を手紙の中で、長い長い空白を経て消息を得た「最愛の女」に答えるという形式は、作品中に展開される瞑想を時間の流れの中に置くことになる。この時間が詩人の瞑想に、単なる思いつきではなく長期に渡る思索の結実という刻印を与えるのである。

相手の女性からの手紙は表には現れない。しかし彼女は決して不在ではない。その問いかけに応じて、受け手の瞑想は輪郭をはっきりとさせていくのである。チェンは「ディアローグ(対話)」という語を好み、『死と生についての五つの瞑想』においてもソクラテスや孔子の例を挙げて本物の対話の持つ弁証法的な効力に言及しているが、この七通の手紙も明らかに一種のディアローグである。それは部分的には、「真理」を効果的に表現するためのフィクションを交えた内的なディアローグであるかもしれない。この形式の中に彼は、魂を語るのに適した一つの表現様式を見出したのである。

肉をまとった魂

哲学史的な、比較宗教学的な遡行という迂回もある。「晩年になってから、私は自分にも魂があることに気づきました」と書いたその女性に対してチェンは、それは魂というものが私たちという存在の最も目立たず秘められた部分であるからだと第二の手紙冒頭で答えている。

続けて彼は、生ける身体の中では何かが動きを与えられ、同時に何かが突き動かしていると考えていた古代ローマ人の見解を挙げ、それが「アニムス‐アニマ」の二項で表されていたことを指摘している。両者ともに同根のラテン語で、「息」や「風」に深い関連を持つ語である。現在ユング心理学においては独特の意味合いを持つ用語となっているが、ここでは語源的に息や風を表象するという点に注目したい。息や風とは動きを与えるものである。そして「生の秩序において動きを与えるものは何か」という問いに対しては、あらゆる文明が与える回答は同一、つまり「生の息吹」であるとチェンは述べている。それは祖国の中国においては「気」と呼ばれ、サンスクリット語では「オーム」、ヘブライ語では「ルーアッハ」、アラビア語では「ルーフ」、そしてギリシア語では「プネウマ」と名付けられているのだと。

個々の存在において、アニムスはアニマに統御されていて、この後者こそがその存在の統一性と単一性のしるしである。またここにおいても、あらゆる言語・文化はその同一の実体を指す名称を持っている。それが「魂」なのだという。その存在を信じない「冷笑者」たちに、詩人は一つの普遍的な直観を突き付けている——身体を動かす「魂」は生の原理そのものに属するものであるのだと。

これは抽象観念にすぎない、イメージにすぎないと一笑されるだろうか。しかしチェンにとって魂とは決して抽象的なものではなく、「肉体をまとった」ものである。

肉をまとった魂　あの各人の通奏低音
他のものが触れるとそれは
震え　鳴り響く
（……）
存在とはまさにこの音楽ではなかろうか？
始まりからずっと
だれかに聞いてもらおうとして

待ちつづける
日ごとのあらゆる瞬間に
そして一つの生のあいだ毎日
ついに手が竪琴に触れることを覚えるときまで

（『死と生についての五つの瞑想』）

もちろん魂が物質的なものだという意味ではない。それは「身体を動かす」という機能もまるごと含めた何か、人間存在という謎の根底にある既約できないもの、なにかに還元できないものだ。「人間は人間を限りなく超越することを知れ。」詩人チェンがしばしば引用するパスカルはこのように書き記した。魂という審級を認めてこそ、この印象的な警句は成り立つだろう。

チェンはだから愛する女性を通して読者に問いかけている。夜中にふと目覚めたときに心臓の鼓動を感じ、この肉の塊が生の唯一の原動力なのかと不安に思ったことはないですか？　この鼓動をうながす生の原理があるのではないでしょうか。なにか「生きようとする意志」のようなものがなければ、私たちの意識にかかわらず鼓動し続けているこの器官はじきに止まってしまうのではないでしょうかと。この生きようとする意志を体現する清新な感覚は八十を超える齢の重さで鈍ってしまってはいるが、今でもときに、例えば夜空の銀河を見上げ、それに感応するかのような大自然に包まれるようなときには、子供時代に感じた宇宙感覚が鮮やかによみがえることがある、と詩人は述べている。

そのとき私は、子供時代にすでに経験した特別な恵みの瞬間を再び生きているのですが、今までの間にそれが「道」という名前を持つこと、この「道」のただ中で、生とはおよそ常に生きる力であり生きようとする意志でもあることを知りました。またさらに後では、生きようとする意志の本能的な水準の上に、より高次の意志が人間においては実感されることを、記憶によって取り戻した私の幸福な経験、あるいはつらい経験によって知ることになります。それは人間をうながし、それによって宇宙が生じた原初の「欲望」に合流させようとする「存在することの欲望」です。

（第二の手紙）

この「道」とは祖国で若きチェンを養った道教の「道（タオ）」である。チェンによると精神と魂は区別され、それぞれに固有の領域がある。精神の役割が過小評価されているわけではない。すべて論理に関わる場においては精神の役割が中心的となる。それに対して魂には本源的かつ最終的な役割が与えられている。心臓が鼓動し続けるように、各人の魂は存在することの「欲望」に息づき、宇宙の万物を道（タオ）の中に統合する普遍的な力を分有するものである。その中には様々な感情や情熱、喜びや苦悩が堆積し、各人がその同類たちと、さらには宇宙と、聖なるものと交感する力が含まれている。『死と生についての五つの瞑想』の中でも引用したパスカルの有名な「三つの次元（秩序）」の断章を、チェンは第四の手紙において再び引用している。以下の定義がパスカルに寄り添う詩人の定義である。

愛徳（カリタス）とは各人の魂が、無尽蔵に与えられる生の豊饒な源と様々な恵みを通して交感する愛（アムール）の次元のことです。

この愛の次元はパスカルの断章においては身体と精神の二つの次元を超越する次元である。超越し内包するととらえるならば、それはまさに他の二つの次元を統合するものと解釈できるだろう。それならばこの三つの次元はチェンが繰り返し言及し、引用している祖国の思想、陰―陽―沖気の三項に重なる図式となる。『死と生についての五つの瞑想』で引用されている『老子』第四二章は、原書のフランス語訳によると以下の通りである。

始原の道（タオ）は一を生み
一は二を生み
二は三を生み

三は万物を生む。
万物は陰を背にして
陽を抱き
冲気によって調和を得る。

詩人によるとこれは次のように解釈できる。至上の空と考えられる始原の道から原初の気である一が生じ、それが今度は陰と陽という相補う二つの気を生む。この陰陽の気が絶え間ない相互作用によりあらゆるものを生み、それら万物が冲気（真ん中の空の息吹）という三番目の気によって互いのあいだに調和を生み出すに至る。陰‐陽‐冲気というこの三項にはキリスト教の三位一体の教義が重なってくる。三つの位格からなる唯一の神と三つの審級からなる人間という存在。三位にして一体である神という一見奇抜なヴィジョンを作り上げた初期教会の教父たちは、身体‐精神‐魂の三項からなる人間というヴィジョンを通して、神の三位一体にいわば地上的な対応を与えたのだ。

「肉をまとった魂」という表現は、この地上に受肉した神という教義に対応するものである。このように、人間の生の秩序は神の「生」の秩序に、響きあうように対応していた。しかし魂をふくめた人間の生の三つの審級は、身体‐精神という二元論を好んだ近代西欧ではほぼ忘れられてしまった。このような状況において、東洋と西洋の狭間に立つフランソワ・チェンの瞑想では、これまで互いに相容れないと見なされていた東洋と西洋のそれぞれ三項からなる思考法が、形の上で初めて重ねあわされるのである。

「魂」という審級を導入することにより、人間という複雑な存在の生の統一は可能だろうか。その可能性を思索し続けてきたフランソワ・チェンの歩みから思い浮かべる言葉は自らが選び取った名前、「合一・統合」を意味する「抱一」である。それはまるで、おのれの生涯を予感していたかのように響いてくる。アカデミー・フランセーズに迎え入れられた詩人チェンの生涯を語るにあたって、返答演説の中でピエール＝ジャン・レミは繰り返し「火」という印象的な言葉を用いた。「世界の果てからやって来た、このかよわいシルエット」の中には、絶えることなく「火」が燃えているのだと。それは決定的な回心の夜以降、燃えるような信仰を保持したパスカルを思い起こさせる語だ。パスカルは一六五四年のある夜に「神との出会い」とも言うべき体験をし、その感動を記した覚書で、日付等に続く内容の冒頭に一語「火」と書きつけている。しかしチェンにおいて、その「火」は既成の宗教の枠にとどまるような意味での信仰ではなく、万人に普遍の「道」を希求する情熱を指しているのだろう。

先に、各人の「通奏低音」である「肉をまとった魂」の詩に言及した。他者に交感し、震え鳴り響く音楽こそが個々の存在であるのだと詩人はうたっている。この交感は喜びを通しても、そして特に苦しみを通しても行われるという。チェン自身が大いに苦しんだことは、その著作からもうかがえることだ。少年期から青年期に至るまで続いた戦争と内乱の状況で身近に感じた人間の弱さ・脆さ、その間隙から露呈する絶対的な悪。目撃地を爆撃した後の帰路、まるでもてあそんでいるかのように残りの爆弾を避難する人々の上に落としていく戦闘機。千切れ飛ぶ肉体、爆弾の破片が頭部に直撃した子供を抱きながら泣き叫ぶ母親。若きチェンの魂にこの光景は永遠に刻み込まれる。

おお、死んだ子供を両腕に抱える母よ！　あなたの姿が薄れることなどありえようか！　わが生涯に渡って、見る機会が与えられるすべてのピエタの前で私はあなたのことを思うだろう……

（第二の手紙）

その魂はあの夜、苦痛よりも大きな何か、いわば人間に内在する悪に真摯に向き合わねばならないことを知った。渡仏後の彼がアッシジで一種の啓示を得て、フランチェスコの行跡をたどり、最終的には制度としての教会よりも「キリストの道」に与したと言われるのは、その「肉をまとった魂」に、戦時の大量虐殺に見られるような絶対的な悪に対峙し得る姿を見たからではないだろうか。

それから、渡仏後の個としての苦しみがあった。『アッシジ　思いがけぬ出会い』の冒頭で、当初の孤独な困窮の日々を perdition という語で説明しているのには驚かされる。「罪」による魂の堕落・滅びのような意味がある語だからだ。彼はおそらく暗闇の中での「遭難」のような意味合いで用いているのだろう。いかなる愛憎劇があったのかは分からないが、最初の結婚はうまくいかなかった。レミによると、同胞の人である最初の妻は文化大革命の最中に、つまりは元夫のチェンが再婚した後に、二人の間に生まれた女児〔この一九五五年生まれの娘アンヌ・チェンは著名な中国思想学者となり、コレージュ・ド・フランスの教授も務めている〕を残して祖国に帰還したという。「長い生涯の間に私は充分に苦しんだのでしょうか?」。つぶやくように、老いた詩人は第二の手紙の中に書き記している。

けれども苦しみには、個々の肉をまとった存在を他者の「通奏低音」へと開く変換の力があるのだ。「人間の魂が得る経験の中には、喜びと苦しみが等しく存在します。この両方をそのまま受け入れるべきです。二つとも真実に導く道であるからです。(第六の手紙)」苦しみの中において交感し合う魂たちに導かれるように、フランソワ・チェンは歩んでいったのである。

著者／訳者について――

フランソワ・チェン（François Cheng）　一九二九年、中国江西省南昌に生まれる。一九四八年に渡仏。詩人・小説家・書家。二〇〇二年にアジア系初のアカデミー・フランセーズ会員に選出される。主な著書に、『中国の詩的エクリチュール』（*L'Écriture poétique chinoise*, Seuil, 1977）、『死と生についての五つの瞑想』（*Cinq méditation sur la mort : Autrement dit sur la vie*, Albin Michel, 2013. 邦訳、水声社、二〇一八年）、主な小説に、『ティエンイの物語』（*Le Dit de Tianyi*, Albin Michel, 1998. 邦訳、みすず書房、二〇一一年）、『さまよう魂がめぐりあうとき』（*Quand reviennent les âmes errantes*, Albin Michel, 2012. 邦訳、みすず書房、二〇一三年）などがある。

＊

内山憲一（うちやまけんいち）　一九五九年、長野県に生まれる。東京大学大学院人文科学研究科博士課程単位取得満期退学。現在、工学院大学准教授。専攻、フランス文学。主な訳書に、ミシェル・ビュトール『ポール・デルヴォーの絵の中の物語』（朝日出版社、二〇一一年）、フランソワ・チェン『死と生についての五つの瞑想』（水声社、二〇一八年）、詩集に、『おばけ図鑑を描きたかった少年』（港の人、二〇一六年）がある。

装幀——滝澤和子

魂について——ある女性への七通の手紙

二〇一八年一二月一〇日第一版第一刷印刷　二〇一八年一二月二五日第一版第一刷発行

著者——フランソワ・チェン

訳者——内山憲一

発行者——鈴木宏

発行所——株式会社水声社

東京都文京区小石川二—七—五　郵便番号一一二—〇〇〇二
電話〇三—三八一八—六〇四〇　FAX〇三—三八一八—二四三七
［**編集部**］横浜市港北区新吉田東一—七七—一七　郵便番号二二三—〇〇五八
電話〇四五—七一七—五三五六　FAX〇四五—七一七—五三五七
郵便振替〇〇一八〇—四—六五四一〇〇
URL : http://www.suiseisha.net

印刷・製本——精興社

ISBN978-4-8010-0385-9